大悦读® 感恩系列
GANENXILIE

感恩社会

GANEN SHEHUI

——有一种爱护叫给予磨砺

李春梅◎主编

吉林大学出版社

图书在版编目（CIP）数据

感恩社会/李春梅主编．—长春：吉林大学出版社，
2011.9（2019.1重印）
（语文新课标必读/黄宝国等主编）
ISBN 978-7-5601-7497-6

Ⅰ.①感… Ⅱ.①李… Ⅲ.①故事—作品集—世界
Ⅳ.①I14

中国版本图书馆CIP数据核字（2011）第130439号

书　　名：感恩社会
主　　编：李春梅
责任编辑：李国宏
责任校对：张宏亮
封面设计：煊坤博文
出版发行：吉林大学出版社
社　　址：长春市明德路501号
邮　　编：130021　　发行部电话：0431－89580026/28/29
网　　址：http：//www.jlup.com.cn　E-mail：jlup@mail.jlu.edu.cn
印　　刷：三河市华晨印务有限公司
开　　本：170mm×240mm　1/16
印　　张：11.5
字　　数：160千字
版　　次：2011年9月　第1版
印　　次：2019年1月　第10次印刷
书　　号：ISBN 978-7-5601-7497-6
定　　价：33.80元

前言

  感恩，是心灵里开出的一株花，"感"是茎叶，"恩"是花朵。人人心存感恩，心灵便百花满园，世间便处处花香。

  感恩父母，给了我们奇妙无比的生命，从呱呱坠地到走向成熟，伴随着父爱和母爱的阳光雨露。父爱，似一坛陈年老酒，历久弥香，醇厚绵长。母爱，似一首江南吴歌，柔和婉润，萦绕心田。感恩父母，让我们拥有绚丽多彩的人生，在泪水中映照欢笑，在挫折时拥有勇气，在成功后继续前行。

  感恩老师，给予我们翱翔穹宇的翅膀，从懵懂顽童到天之骄子，伴随着每届老师的春风化雨般的爱。一段师爱，就是一段心灵深处的洗礼，似拂尘清扫尘埃，让我们如醍醐灌顶，甘露洒心。一段师爱，就是一段刻骨铭心的记忆，任时间雕刻岁月，花开花落更珍惜。感恩老师，甘做人梯，翘首等待花开的时节。

  感恩朋友，给予我们高山流水的情谊，从管鲍之交到桃园结义，伴随着人性之间的完美特质。一种友情如大海，波澜壮阔，感天动地。一种友情如小溪，细水长流，滋润心田。一种友情如

磐石，历经风雨，依然屹立。一种友情如水滴，以柔克刚，滴水穿石。友情如细雨，绵绵惬意，友情如春风，唤醒大地。

感恩生活，给予我们酸甜苦辣的滋味。从萍水相逢到相熟相知，伴随着人生舞台的千姿百态。感恩生活，给予我们磨炼，才使我们生命的春光美丽无比。感恩生活，给予我们挫折，才使我们折断的翅膀续接希望。感恩生活，给予我们梦想，才让我们生命的尽头永远拥有曙光。感恩生活，给予我们美好，才使我们心中处处是天堂。

感恩社会，给予我们火炼水淬的煅造，从人间大爱到一个微笑，伴随着多少海纳百川的情怀关照。感恩社会，给予我们仁爱，让生活处处可见花开。感恩社会，给予我们团结，让我们的生活少些争吵和冷漠。

感恩社会，给予我们温暖，让大雪纷纷的夜晚不再孤单。感恩社会，给予我们理解，让人生永远得到关爱。

感恩自然，给予我们赖以生存的环境，从凄凄芳草到苍穹雄鹰，呈现出生生不息的自然胜景。感恩自然，给予我们无私的馈赠，从天空到大地，从湖泊到海洋，包罗万象。感恩自然，给予我们心灵的惩罚，从羚羊的跪拜到骆驼的眼泪，从动物诱杀到美国黑风暴，让我们认识到人和自然的和谐之道。

学会感恩，人生之道。

编　者

第一辑　不一样的惩罚

处于困境，面对威胁，我们有多少人具有战胜它们的信念和超人的胆识？又有多少人采取了逃避或任人宰割的无奈之举？其实，很多时候，都是我们自己战胜不了自己，自己先输给了自己。

第二辑　给陌生人依偎的肩膀

在现代社会中，由于生活节奏的加快，人们越来越浮躁，没有耐心去和大自然交流，也没有耐心和别人沟通，生活中的快乐离我们越来越远。我们总认为：我们之所以不快乐，是因为太忙碌，却从来没有想过，我们对待生活的态度。

第三辑　面临选择

人在成长的岁月里，会遇到各种各样的选择，在每一个人生路口你都拥有好多种选择，但你只拥有一次抉择的机会，一次就足够决定你的命运。

第四辑　让善念在人间传递

　　每个人都生活在一定的团体中，需要承担一定的责任并履行相应的义务，对于一种工作，看似是为了自己，其实也是为了他人，人人为我，我为人人，构成了相互的责任承担。

第五辑　感谢的快乐

　　诚信，在人与人之间应该有着举足轻重的位置。有时候，不是任何行为都能用金钱去衡量的。诚信，是做人的根本，虽然无法触摸，但雕刻在生活的角角落落里。只有诚信，人人才能真心相待。

第六辑　有一种情叫相依为命

　　两情相悦需要更多的宽容和理解，爱情如鲜花需时时浇灌，才有百日芬芳。就像亚当和夏娃，是因为夏娃源自亚当的一根肋骨，因为彼此骨肉相连，所以才能有天长地久。彼此相容，夫妻才有和谐，每个人寻找自己的真爱，只是源于爱情的本能。

第一辑
不一样的惩罚

　　处于困境，面对威胁，我们有多少人具有战胜它们的信念和超人的胆识？又有多少人采取了逃避或任人宰割的无奈之举？其实，很多时候，都是我们自己战胜不了自己，自己先输给了自己。

当时有这种经验的只是我一个人！因为我后来才了解，有些人从来不知道怕，而格泽尔正是这样的人。格泽尔，我知道得很清楚。我娶了她。

"我不能让你抢我的鞋"

我低头望了一下同伴。她瘦小得可怜，手里提着鞋，赤着足陪我走，不时要跑几步才能跟得上我的大步。我的怜悯之心油然而生，便对她说："让你这样受罪真抱歉。""啊，没关系。"她的声音很轻松，我不晓得她有没有想到我们可能就要碰到的遭遇。

我们相识才几天。她娇小玲珑，有吉卜赛人的美，微露出坚强的性格。她是在摩洛哥本地出生的巴斯克人。她名叫格泽尔。除此以外，我对她一无所知。

我们从卡萨布兰卡坐车子来的时候，只想在这里享受一段甜蜜的时光。起初月光如洗，不一会儿飘来一片乌云，亮晶晶的月亮变得朦朦胧胧的。

我们的右边是高耸的沙丘，左边是海，退潮的浪花卷着波纹道道的细沙。几分钟之前，我们还在高高兴兴地聊天。我握着她的手，她并没有缩回。她笑得很甜，说我讲法语带着很重的美国腔。

后来我忽然瞥见阴沉沉的沙丘上有东西在动。是几个人影，鬼鬼祟祟的，一会儿蹲下，一会儿向前奔，一会儿又蹲下，好像要干什么坏事。我觉得害怕，越怕越慌。

我真是太傻了，别人警告过我摩洛哥"不安定"，我竟没有理会。从前我来过摩洛哥，那时候各地的城市跟伦敦一样热闹。这次住了一星期以后，觉得一切似乎仍跟以前一样，安定而有秩序。别人说的许多令人心惊胆战的事，似乎尽是毫无根据的夸张。

曾有人告诉我，以前靠恐怖行动反对法国统治的人收买了阿拉伯青年农民，替自己进行危险的工作，因为青年农民杀人的代价低，而且容易受某些口号的煽动。

如今新政府还没有逮捕和安抚所有的青年亡命之徒，因而其中一部分已沦落为盗匪，甚至还强奸伤害人。

我们此刻急步赶路，这些话又涌上我的心头。现在向我们步步进逼的，一定是那些无法无天的恐怖分子，他们要切断我们的退路，使我们回不到那辆留在沙丘后面海滩公路上的汽车。

本能告诉我："赶紧快跑！"可是他们跑起来必然比我们快，而且我心慌意乱，已经认不出路了。

那些人越来越胆大了，渐渐暴露了自己。我想起自己的手枪在机场被扣，心里很难过。检查人员苦笑着说，要扣下我的枪，否则可能惹来麻烦。

我听过的种种传说全部记起来了，这越发令我张皇失措。格泽尔说不定会遭人轮奸，奸后还会被杀死。想到这里，我急得要命，但又一筹莫展。

我气急心跳，脚步缓了下来。她抬头望着我，眸子里像有许多警惕的问号。

突然他们出现了：三个身材高大的阿拉伯青年，穿着不合身的西服，朦胧的夜色已不能遮掩他们眼中的凶光。我们双方好像遵守着什么约定，在沙地上相对而立。

我们站着不动，也不说话。我惊骇地发现，他们之中有两人手

里执着长长的屠刀，闪闪生光。中间那人较魁梧，显然是头子，拿着一把打开的弹簧刀。

这时我已饱受惊吓，反而不怕了。格泽尔忽然向我示意，不让我说话。她目光炯炯，比反照的月光还亮，鄙视着拿弹簧刀那人的眼。

那人把刀拿得很低，刀尖向上，咄咄逼人。他逼近一步，伸出一只手去拿她胸前的鞋。一只掉在了沙地上，但她仍紧紧握着另一只。那人的手也捉住不放。

双方略微争夺了一阵。我注意到他拿刀的那只手并没有动。格泽尔的眼睛盯住他，似乎盯得他动弹不得。他夺不下格泽尔手中的鞋，两人都默默地抓着那只鞋不放。

格泽尔终于开口了。她跟大多数外来的移民一样，能说当地混杂着一些法语的阿拉伯语，我可以听懂大意。"你不可以。"她说，音调平和而不激动，"我不能让你抢我的鞋。"那人瞪着大眼睛望着她，她的镇定令对方不知所措。"你明白吗？我如果让你抢，就是助你为盗，真主敬爱武士，鄙视强盗。"她把每个字都咬得非常清楚，接着又慢慢地说："不过有人比强盗更卑鄙。这一类人就是懦夫，真主不会饶恕这种人。"

她停了一下说："你们三个人年轻力壮，都曾经为了所信奉的正义而成为武士，你们的英勇当然会使真主高兴。现在你们面前有一个年纪比你们大的人，你们应该尊敬他才对。他是海外来的客人。你们的祖先，一向善待游客。他明了这一点并深信不疑。"她不慌不忙地说："你看，他没有带刀带枪，空手来了，你们绝不能辜负他的信任。"

我想起我那支手枪，不禁有内疚之感。我想看格泽尔一眼，但

不敢掉头。她的话把三个人吸引住了，我只要轻轻说一声，说不定就会把事情弄糟。

格泽尔停了一下，以便他们有时间想一想。"你们高兴，尽可以叫我们受罪，要杀就杀，谁都阻止不了，真主也不会干涉。不过真主将来会审判你们的。"她的口齿很伶俐。"也许你们曾经为了所信奉的正义抢过，但你们受骗了。不过不要紧，真主可以原谅你们一次。但是对于懦夫，真主是决不会饶恕的。真主在监视着你们！"她举起一只手，向灰暗的天空画了一下。

格泽尔继续说下去，但是已带着点不耐烦的神气："你们觉得该怎么做就怎么做吧。不过我不希望你们做强盗。把鞋拿去吧，我送给你了。"她手一松，放弃了鞋。

我对她的钦佩油然而生，同时也有了新的恐惧：现在是最后的关头了。

那个头子还抓着鞋，过了好一会儿才垂下手臂来。这是屈服的表示，格泽尔已征服了他内心的兽性。

那只鞋落在沙地上——落在了另一只的旁边。"咔嚓"一声，弹簧刀合上了。

他头一低，手背在眼角擦了一下，像个想哭的孩子，接着把武器塞在了我手里，动作非常迅速。我没料到这一下，只有接纳。

他们走了，踏着软绵绵的沙子，一步一步往前行，不久就望不见了。

我和格泽尔手拉手，慢慢往回走。此时清风徐来，阴云渐消，月亮重现，照在起伏的沙丘上，黑白分明。我顿觉恐惧解脱后的宽慰，这无疑是人生最宝贵的体验。

当时有这种经验的只是我一个人！因为我后来才了解，有些人

从来不知道怕，而格泽尔正是这样的人。格泽尔，我知道得很清楚。我娶了她。

感恩寄语

　　"格泽尔，我知道得很清楚。我娶了她。"读到最后，心里不禁为一位勇敢而正义的姑娘感到莫大的欣慰。是真主赐给了她勇气和力量，让她拥有了一颗能够挫败邪恶的正义的灵魂。在三个凶狠的歹徒面前，格泽尔用正义和勇敢瓦解了他们内心的邪恶，让他们退却，重新向善。

　　处于困境，面对威胁，我们有多少人具有战胜它们的信念和超人的胆识？又有多少人采取了逃避或任人宰割的无奈之举？其实，很多时候，都是我们自己战胜不了自己，自己先输给了自己。因此，面对危险，我们要像格泽尔那样，勇敢地去面对，用胆量和智慧去击中邪恶的软肋。人生本就布满了荆棘，那么我们能想的办法不是绕路，更不是回头，而是从那些荆棘上迅速跨过。困难是欺软怕硬的，你愈畏惧它，它愈威吓你，你愈蔑视它，不将它放在眼里，它愈对你表示恭顺。同样，邪恶从来都是惧怕正义的，心灵对峙起来的时候，它像阳光下的露水一样，经不起光明的照射。因此，勇敢地迎接一切，前面就是坦途。

然而，老人再也不能实现他的愿望了。他像流星一样划过，让自己燃烧着，却给世界留下了最后的光芒……

白芳礼，天堂蹬车人

晓 亮

白芳礼，这位平凡的老人，在生命的最后19年，省吃俭用、顶风冒雨奔波在街头，用蹬三轮车积攒的35万元钱，资助了300多名贫困学生，而他的私有财产账单上是一个零。

2005年9月23日早晨，93岁的他静静地走了。无数活着的人在口口相传中记住了他——蹬三轮的老人白芳礼。这不是神话：这位老人在74岁以后的生命中，一脚一脚地蹬三轮，挣下35万元人民币，捐给了天津的多所大学、中学和小学，资助了300多名贫困学生。而每一个走近他的人都惊异地发现，他的个人生活几近乞丐，他的私有财产账单上是一个零。

1986年，74岁的白芳礼从天津回到家乡河北省沧县白贾村。这是一个让他悲伤而又牵挂的地方。小时候，他很渴望读书，可因家境贫寒，13岁便逃难到天津，做了一名卖苦力的三轮车车夫。中华人民共和国成立以后，他蹬三轮成了劳动模范，并拉扯大了自己的三个孩子。当他看着他们中的两个成了大学生时，高兴得落了泪。

眼下，人老了，又有政府每月发的退休金，他计划回家乡安度晚年。

他走在村里，发现大白天到处可以看到正在干活的孩子。他问：

为什么不上学？孩子们说，大人不让他们上。他便又找到大人问，为什么不让孩子上学？大人说，种田人哪有那么多钱供娃儿上学！

这一晚，白芳礼一夜没合眼。

白芳礼虽然没有什么知识，可他很喜欢知识，特别喜欢有知识的人。他常对人念叨一个理儿：国家要发展，知识为先。眼前家乡的一幕让他无法平静。难道能眼瞅着家乡就这样一辈辈穷下去？能眼瞅着那些没钱的孩子上不了学？不成！

第二天天一亮，老人便召集家庭会议，宣布了两件事："第一，我要把这些年蹬三轮攒下的5000块钱全部交给老家办教育；第二，我要回天津重操旧业，挣下钱来让更多的穷孩子上学！"

74岁的白芳礼回到天津，重新蹬起了他蹬了大半辈子的三轮车。和以前蹬车相比，他现在感觉目标更亮堂。他像是在圆自己的一个梦，这个梦他小时候做过却没能实现。现在，他要把这个梦扩展得大大的，要让它在更多有梦的孩子身上变成现实……

每一个见过白芳礼的人，都会心酸。他一年四季从头到脚穿的总是不配套的衣衫鞋袜，那都是他从街头路边或垃圾堆里捡来的。他每天的午饭总是两个馒头一碗白开水，有时往开水里倒一点酱油，那已是"美味"了。馋得厉害了，就在晚上睡觉时往嘴里放一星肉，含着，品品滋味。

物质生活上压榨到最低点的老人，却把能量释放到了最高度。一年365天，他没歇过一天。他曾在夏季烈日的炙烤下，从三轮车上昏倒过；他曾在冬天大雪满地的路途中，摔到沟里；他曾因过度疲劳，蹬在车上睡着了；他曾多次在感冒高烧到39摄氏度时，一边吞着退烧药，一边蹬车……更有不为人知的，由于年事过高，冬天里他常憋不住小便，棉裤总是湿漉漉的，他就垫上几块布照样蹬着车跑。

白芳礼生于1913年5月13日，属牛。有人说，他真是牛命，吃的是草，出的是苦力，挤的是奶。

他为了什么？对于一颗挣脱了世俗羁绊的心灵，并不是每一个人都能理解。有人背地里称他是"高级神经"。

老人说："我咋就不知道享受？可我哪舍得花钱！孩子们等着我的钱念书，我就只能往里挣才是！"

这是一颗太阳的心，默默无言，却灿烂炽热！

看到自己捐的钱能化为孩子们读书的甘露，他便有了无上的幸福。白芳礼每天最快乐的事，就是晚饭后抱着他那个小木盒子往里数钱；一元、一角都要把它们展平、码好。他每个月最快乐的日子，就是蹬着三轮车去学校捐钱。在儿女们的印象中，这样的日子老爷子总是像过年似的欢喜。红光中学是天津唯一一所接收藏族孩子的学校，当白芳礼得知这里的孩子大多数来自贫困牧区，心一下子就揪住了。半个月后，他蹬着车来到学校，掏出话："我是白芳礼。今后我要用每月蹬三轮的钱资助这里的藏族学生，别让孩子们委屈。"说着，从口袋里掏出900元钱。在场的人都惊呆了，那全是1角、2角、5角、1元、2元、5元、10元……厚厚的一叠。从1993年到1998年，老人资助了红光中学的200多名藏族学生，月月给他们补助，直到他们高中毕业。

白芳礼倾尽所能地把他的光和热洒向了众多需要帮助的学生身上，学生们从他那里获得的感动和成长，让他收获了无上的幸福。

老人忘不了那一年他到南开大学给贫困学生捐款的一幕。当时，学校要派车去接他，他说不用了，把省下的汽油钱给穷孩子买书。他自个儿蹬三轮到了学校。捐赠仪式上，老师把这事一讲，台下一片哭声。许多学生上台从老人那里接过资助的钱时，双手都在

发抖。

　　一位来自新疆地区的贫困学生，功课优秀，没毕业就被天津一家大公司看中，拟以高薪聘用。这一天，他走上台激动地说："我从白爷爷身上感到了一种前所未有的精神和力量。我正式向学校，也向白爷爷表示：毕业后我不留天津，要回到目前还贫困的家乡，以白爷爷的精神去为改变家乡面貌做贡献！"他深深地向白芳礼老人鞠了一躬。全场掌声雷动。老人高兴得流下了眼泪。

　　事后，老人对他的老友说："我过得是苦，挣来的每一块钱都不容易。可我心里是舒畅的。看到大学生们能从我做的这一点点小事上唤起一份报国心，我高兴啊！"

　　这些年得到白芳礼捐助的大学、中学、小学以及教育基金等单位达30家之多。老人捐钱从不图回报，许多得到他帮助的学生并不知道他的姓名。他的快乐和幸福来自他那一颗太阳一样的心！

　　他坚守着自己心中的追求，就像战士坚守着战斗的高地。1994年，白芳礼81岁。这一天，他把整整一个寒冬挣来的3000元辛苦钱交给一所学校后，校领导说代表全校300名贫困生向他致敬。这话触动了他：现今缺钱上学的孩子这么多，光我一个人蹬三轮车挣来的钱救不了几个娃呀！

　　他琢磨了一夜，第二天一早就把儿女家的门敲开了："我准备把你们妈和我留下的那两间老屋给卖了，再贷点款办个公司，赚钱支教。"

　　不多几天，在紧靠天津火车站的一小块空地上，出现了一个7平方米的小售货亭，里面摆着一些糕点烟酒等，当头挂着一块牌子——"白芳礼支教公司"。他对受雇的员工宣布："我们挣来的钱姓'教育'，每月结算，月月上交。"

小售货亭让白芳礼增加了不少支教的财力，却一点也没有改变他蹬三轮的生活。他把售货亭交给伙计打理，自己照样天天出车拉活。他说："我出一天车总能挣回二三十块钱，可以供十来个苦孩子一天的饭钱呢！"

为了在车站前拉活方便，他索性挨着亭子搭了个3平方米的小铁皮棚子，里面用砖头搭了一块木板算是"床"，棚顶上的接缝处露着一道道青天。夏天，棚里的温度高达40摄氏度；冬天，放杯水可以冻成冰坨子。白芳礼在这里面一住就是整整五年。

"这老爷子怎么像个没家的人……"老人的儿女一直承受着某种被误解的压力，他们对父亲难免有些埋怨。蹬着三轮闯荡了一辈子的白芳礼，骨子里有一种大义，国家与社会在他心目中有着头号位置。他对儿女们说："我现在是有国无家，为了能给孩子们多挣钱，眼下就住这儿了！"

白芳礼像一个坚守战斗高地的战士一样坚守着他的追求。

然而，在那一天他感到了无奈。1999年，天津火车站进行整顿，所有商亭一律被拆除。望着转眼工夫被拆成一堆垃圾的"白芳礼支教公司"，老人哭了。他老了，腿脚没劲了，以后还指望用什么挣钱给孩子们读书呢？

那年冬天，老人蜷缩在车站附近一个自行车棚里，硬是给人家看了3个月的自行车，每天把所得的1角、2角、1元、2元的钱整整齐齐地放在一个饭盒里，等存满500元时，他便揣上饭盒，蹬上车，顶着漫天飞舞的雪花，来到了天津耀华中学。人们看到，他的头发、胡子全白了，身上已经被雪浸湿。他向学校的老师递上饭盒里的500元钱，说了一句："我干不动了，以后可能不能再捐了，这是我最后的一笔钱……"老师们全哭了。

一颗太阳的心是不会熄灭的，白芳礼依然活在他的追求中。其后的岁月里，他播洒下的阳光裂变成一个更大的阳光的世界。

当白芳礼患病的消息传出，一批又一批学生来到了他的身边。他望着孩子们，泪水一个劲儿地流："孩子们，等我病好了，我还要蹬三轮挣钱资助你们读书！"

然而，老人再也不能实现他的愿望了。他像流星一样划过，让自己燃烧着，却给世界留下了最后的光芒……

感恩寄语

"春蚕到死丝方尽，蜡炬成灰泪始干"，这两句话不仅可以用来赞美乐于奉献的教师，也同样可以用到白芳礼老人身上。他像极了春蚕，把洁白的细丝留给了世界；也像极了烛火，燃烧了自己，照亮了别人。你能想象出，一位93岁的老人，是怎样在生命最后的19年，用自己蹬三轮车和看车棚挣来的35万元，资助了300多名贫困生，而他自己的账户上却没有留下一分钱吗？有一种平凡叫伟大，有一种不平凡是伟大之中尤其伟大者，这种伟大让我们感动得心疼，感动得满面泪流！在这个物欲横流的社会，老人的无私奉献给人们点亮了一盏道德的明灯，让好多人不至于在世风日下的黑夜里迷路。他更给300多个孩子带来了世间人情的温暖，让他们拥有了健康完美的人格。"他播洒下的阳光裂变成一个更大的阳光的世界。"白芳礼老人虽然走了，但他奉献的光芒不会在我们的心中消失，因为我们抬头仰视，仍然能看到他在天堂里蹬车的身影。

孝无声，爱无休。刘芳艳背负的不仅仅是年迈的亲娘，而且是一座感恩的大山，更是恪守人伦的孝道。她用无私的孝心舞出人间的善与美，绽放出了生命的奇迹。

背着妈妈上大学

孝，潜藏着一种巨大的能量，一旦发掘，即可摄人肺腑，感天动地。

——题记

2006年9月5日清晨，荆门职业技术学院。薄雾轻笼着校园，清寒袭人。

秋风瑟瑟吹过，树上的一片落叶随风飘舞，在空中划过一道弧线后，静静地落在路边一位正捧书晨读的女孩肩上。

女孩站起身，合上书，走回寝室，轻轻地推开门。"芳艳！"母亲杜桂兰醒来了，用一口浓重的宁夏方言轻声呼唤着，摸索着，从枕边拿出了自己的衣服。"妈，早上挺凉的，您还是多穿点。"刘芳艳从上铺的纸袋里翻出一件外套，帮母亲披上。

梳头、洗漱、煮土豆面，刘芳艳麻利地为母亲做完这些后，抱起书本，匆匆向教室赶去。

这是新学期的第一天，刘芳艳轻快地走着，脸上挂着一抹淡淡的微笑。曾经的沧桑与苦难，夹杂着轻轻的寒意扑面而来，却从她的笑容里一闪而过。

刘芳艳，荆门职业技术学院计算机绘图系的学生。谁能想到，这样一个清瘦、个头不高、面容秀丽的女孩，竟然背着盲母来上大学。她用稚嫩单薄的双肩把一个破碎的家高高撑起，更为年迈失明的母亲撑起了一片晴空！

为了病重的父亲，14岁的小芳艳叩开了县长的家门

1985年，刘芳艳出生于宁夏固原市隆德县下冲村。那里是名副其实的黄土高坡，恶劣的环境锻造了芳艳的坚强，可每说起父亲，她总止不住泪水涟涟。

14岁那年，芳艳的父亲患上了食道癌，给这个一贫如洗的家一道晴天霹雳。双目失明的母亲整日以泪洗面，老实憨厚的哥哥也不知所措，年幼的芳艳感到前所未有的无助与绝望。北方的冬天冷得可怕。那天下着大雪，气温零下十多摄氏度，滴水成冰，芳艳顶着漫天飞舞的雪花，翻山越岭来到县政府。这一天，是她读书以来第一次旷课。

芳艳从没见过县长，但为了救父亲，她鼓足勇气敲响了县长办公室的门。可是，县长不在。中午，县长还没回来，芳艳从书包里掏出冰冷的馒头，慢慢啃着，心里只有一个念头：要救父亲，我一定要等到县长！

下午下班了，县长还没来。芳艳急了，拉住一个叔叔一问，才知道王学宽县长办完事后直接回家了。

雪下得更大了，凛冽的北风刮在脸上如刀割一般，芳艳按热心人的指点，踏着积雪，深一脚浅一脚地走向县长的家。

晚上9点，她敲开了县长家的门。或许是这个弱不禁风的小女孩的拳拳孝心感动了王县长，他二话没说，便安排民政局批了1000元钱。

钱很快花光了，芳艳和哥哥只好含泪把父亲从医院拖回家。看着父亲食不下咽，枯瘦如柴，芳艳知道，父亲的日子不多了。

刘芳艳揣着借来的200元钱，请人给父亲做了口棺材。看到棺材，父亲的眼泪汹涌而出："娃，我死了，用两块木板一夹就行了，你们留点钱过日子！"芳艳哭着抓住父亲的手："爸，您没吃过一顿好饭，没穿过一件新衣，连住的房子也破破烂烂。女儿治不好您的病，只能把这个做厚实点，您到那边，就不会再挨冻受淋了。"

几个月后，父亲带着牵挂，撒手人寰。

为了失明的母亲，她携母辗转千里打工求学

父亲去世后，生活的重担压到了刘芳艳和哥哥身上。2003年9月，刘芳艳历经千难万苦，如愿考取了荆门职业技术学院。同年11月，哥哥外出打工，失去了联系。在千里之外求学的芳艳，放心不下家中年迈失明的母亲：妈妈烧火做饭时有没有烫着？山路坎坷，会不会摔着？摸不到回家的路，是不是又在外忍饿挨冻……2005年5月，芳艳从邻居的电话中得知，母亲上山拾柴时，摔得浑身是伤。放下电话，芳艳再也忍不住了，她号啕大哭："我已经失去父亲，再也不能失去母亲了。"辗转了一夜，芳艳做出一个艰难的决定：休学。

从此，芳艳背着行囊，牵着母亲，闯到天津，在一家火锅店安顿了下来。打工的日子里，芳艳一边悉心照顾母亲，一边省吃俭用赚学费，一晃八个月就过去了。

2006年2月，芳艳携母重返她日思夜想的荆门职院。学校领导得知芳艳的经历后，十分感动，为她们母女提供了一间宿舍和每月100元生活费，同时，还为芳艳安排了两份勤工俭学的工作：在校食堂

端菜和清扫九间教室。

　　每天傍晚，是芳艳和妈妈最快乐的时光。妈妈听着芳艳洗衣服、整理房间；芳艳读书读报给妈妈听，或讲学校里发生的趣闻趣事。有时，母女俩手牵着手，在校园里散步、晒太阳……

　　母亲的牙齿掉光了，芳艳毫不犹豫地拿出辛苦攒下的200元钱，为母亲装上了一副假牙。从医院出来，芳艳买来一个苹果，递到母亲嘴边。母亲慢慢嚼着，品着从未吃过的苹果，开心地笑了。

　　"是我拖累了芳艳啊！"采访时，杜桂兰抚摸着芳艳的手，叹了口气。"妈，您看看别人，上大学都难得见到妈妈，我天天可以看见您，比他们好多了！再说，您是我妈，孝顺您是天经地义的呀，我就乐意做您的'眼睛'和'拐杖'！"刘芳艳偎着妈妈，脸上盛满幸福。

　　乌鸦反哺，羔羊跪乳，刘芳艳的回答亦如此简单：生我是娘！

　　孝无声，爱无休。刘芳艳背负的不仅仅是年迈的亲娘，而且是一座感恩的大山，更是恪守人伦的孝道。她用无私的孝心舞出人间的善与美，绽放出了生命的奇迹。

感恩寄语

　　在茂密的森林里，小乌鸦在妈妈的呵护下渐渐长大了。可这时，它的妈妈已经苍老了，小乌鸦想：妈妈老了，不能照顾我了，现在是应该回报妈妈的哺育之恩的时候了。刘芳艳对于母亲的爱，就像乌鸦知道反哺一样，足够感动天地！古语云："百善孝当先。"一个14岁的小女孩，为病重的父亲做出了惊人之举，更对双目失明的母亲不离不弃。她一边学习，一边挑起生活的重担，一边照顾着母亲，最后，毅然决然地背起了母亲去读大学。当今，随着经济的发展，道德却逐渐缺失，孝道更是江河日下，但是，刘芳艳却为所有的人树立了孝道的楷模。古人说："父母在，不远游。"但是，现在，当我们在外面打拼，或是在外面游历时，有多少年轻人能够懂得在遥远的故乡里年迈的父母那颗守候的心呢？母亲赐予了我们一切，人间爱之伟大，莫过于母爱。乌鸦反哺，羔羊跪乳，更何况是人呢？

> 惩罚原来也是可以换一种方式的。惩罚的方式不同，所收到的效果就不一样。

不一样的惩罚

蒋子龙

八年前，特纳尔在一次酒后驾车时，撞死了一名叫苏珊的年轻姑娘，她还在上高中。当时他接受了一项由姑娘的父母提出的处罚：每周要给死者的父母寄一张支票，支票必须是开给苏珊的，金额只为1美元——不多不少，仅仅是1美元，而且要在以后的十八年的每个星期五寄出。真是"黑色的星期五"哇！

特纳尔觉得自己捡了个大便宜。每周1美元，十八年加起来不过是936美元，太小意思了。苏珊家的亲戚朋友们也大惑不解，认为苏珊的父母因悲愤过度被气糊涂了。每周1美元是个什么数字？若想用罚款解决，就要狮子大张口，要他900万、9000万也不为过，还要一次全结清，干吗要拖上18年？夜长梦多，拖来拖去对方赖账了怎么办？苏珊的父母却不为所动，坚持原来的条件。

八年以后，特纳尔受不了啦，不再按时寄支票。苏珊的父母又将他告上法庭。特纳尔的精神几近崩溃，他泪流满面地对巡审法官说："我实在是无法忍受了，每次填写苏珊的名字时心里都会泛起极度痛苦的罪恶感。苏珊的死还历历在目，这伤口太深了，而且每个星期都要撕开一次，后边还有漫长的十年，怎么熬啊？也许熬不到十年我就会疯了。我喜欢躺在床上胡思乱想，现在无论什么时候一躺下，就会看到苏珊正向我走来……"他要求加倍偿还，并一次全部付清罚款。

他的请求理所当然地被法庭和苏珊的父母拒绝了。法官虽然理解他的痛苦，却还是以藐视法庭罪，判他三十天监禁。

为此感到稍许宽慰的是苏珊的父母，他们的目的就是要让特纳尔不能淡忘苏珊的死，要他牢牢记住因自己的过失给别人造成的无法弥补的痛苦。他每到寄支票的时候才会想起苏珊的死就觉得受不了啦，可苏珊的父母在八年来没有一刻忘记过自己的女儿。一个像花一样的女孩，说死就死了，轮上哪个当父母的能受得了？但是，他们也并不想要他用一生来承担那次事故的后果，所以只定了十八年。

真厉害，这无异于精神判刑。

如果当初只是罚特纳尔一大笔钱，他会因为心疼钱而觉得自己已经受到了惩罚，这容易让他心安理得，很快就会淡忘自己所闯的祸。只有经过这样的精神惩罚，他才会真正领悟到无论自己受到怎样的惩罚都无法改变所造成的恶果。

惩罚原来也是可以换一种方式的。惩罚的方式不同，所收到的效果就不一样。地球上的犯罪和过错每天都在发生，千篇一律的惩罚在不断地重复着，倘若受害者和制定法律的人在极度的痛苦和憎恨当中，仍能像苏珊的父母那样冷静地想出最适合这个人的惩处办法，对拯救这个人并防止他（或她）以后重犯同样的罪过和错误，肯定会大有裨益。

 感恩寄语

特纳尔因为一次酒后驾车撞死了苏珊，苏珊的父母没有要求特纳尔一次性赔偿给他们一大笔钱，而是要求他在以后的十八年里，

每个星期五都要给他们家寄1美元，收款人竟然是苏珊。特纳尔开始还以为捡了大便宜，欣然接受。于是每到周五，他都要寄一张支票，写上苏珊的名字，每写一次，苏珊的样子都会在特纳尔的脑海中重现！特纳尔就这样坚持了八年，这八年简直就是精神判刑。终于，他感觉到精神几近崩溃了！

生活中，我们常常会犯错，知错能改，善莫大焉。但是，人往往是好了疮疤忘了疼，所以，最有力的惩罚是让他每时每刻都铭记自己的过错。文中苏珊的父母就开出了不一样的罚单，给了特纳尔十八年的精神惩罚。"惩罚原来也是可以换一种方式的。惩罚的方式不同，所收到的效果就不一样。地球上的犯罪和过错每天都在发生，千篇一律的惩罚在不断地重复着，倘若受害者和制定法律的人在极度的痛苦和憎恨当中，仍能像苏珊的父母那样冷静地想出最适合这个人的惩处办法，对拯救这个人并防止他（或她）以后重犯同样的罪过和错误，肯定会大有裨益。"虽然殊途同归，但效果肯定会大不相同。

　　很多人想不通，国外有世界一流的科研设备，有优裕的生活条件，钱学森为什么要回国呢？对此，钱学森的回答是："因为我是一个中国人，我的事业在中国，我的归宿在中国。"

我的事业在中国

　　说起中国航天之父、火箭之王，大家都会想到科学家钱学森。钱学森早年留学美国，获得了博士学位，后来成了美国研究火箭的顶尖科学家，在1947年就被麻省理工学院聘为终身教授，美国学术界称钱学森是"在美国处于领导地位的火箭专家"。

　　就是这位火箭专家，当他听到中华人民共和国成立的喜讯时，他的爱国之心也就像火箭一样腾空而起，他当时就产生了一个念头——要回到祖国来。有人想，这是不是钱学森一时的感情冲动？其实这是钱学森权衡再三得出的想法，是他日夜思念祖国的结果。因为如果要说待遇，他在美国什么都有了：金钱、名誉和地位。但是有一点是没有的，也是不能没有的，那就是作为一个游子，他不能没有母亲。虽然科学无国界，但是科学家却是有祖国的。当有人劝他放弃回国的念头时，钱学森说："我是中国人，我可以放弃这里的一切，但不能放弃祖国。我要早日回国，为建设新中国贡献自己的全部力量。"

　　为了这一目标，钱学森整整花了五年的时间。

　　1950年的9月中旬，钱学森已经归心似箭，他辞掉了在美国的

一切职务，买好了机票，办好了行李托运。正在这时，意想不到的阻力出现了。负责钱学森研究项目的某海军将领听到这位中国科学家要回国的消息后大吃一惊，他认为钱学森在美国是出类拔萃的专家，一个人能抵得上5个师，特别是他从事的专业，在军事上、科学上都是属于最尖端的，如果放他回去，中国就有可能在这方面超过美国。所以，这位海军将领为了所谓美国的利益，决定不放钱学森回国。

于是，就在钱学森将要离开洛杉矶的前两天，他突然收到了美国移民局的一份文件，文件称，如果钱学森私自离境，抓住就要罚款，甚至还要坐牢。又过了几天，他真的被抓进了看守所。"罪名"是"间谍"罪，海关方面称，从他已经装上船的行李中"查出"了电报密码、武器、图纸之类的东西，并且诬告他"参加过主张以武力推翻美国政府的政党"。

在看守所里，钱学森受尽了折磨。每天晚上，隔10分钟看守就要叫醒他一次，使他根本无法休息。他的身体和精神陷入了极度的紧张状态。在被关押的15天内，钱学森的体重下降了15公斤。但是所有的这些折磨，都丝毫不能动摇他回国的决心。

美国移民局的所作所为激起了美国科学界的强烈义愤，在国际社会也引起了反响。美国友人纷纷声援钱学森，他们寻找律师并募集资金作为"保证金"。当局迫于压力终于把钱学森从看守所释放了。经过这样的折磨之后，钱学森更加坚定了回到中国的决心。虽然他的行动还在受到移民局的严密监视，移民局还要定期审问他，但是钱学森不断地提出同一个要求："坚决离开美国，回到中国去！"

就这样，钱学森开始了长达5年的艰苦斗争。5年里，他始终没

有放弃、动摇过回国的信念。1955年，周恩来总理代表中国政府向美国政府提出了钱学森回国的问题，美国当局才被迫同意钱学森返回中国。1955年9月17日，钱学森偕同夫人乘"克利夫兰总统"号轮船离开了洛杉矶，驶向他魂牵梦萦的祖国。

很多人想不通，国外有世界一流的科研设备，有优裕的生活条件，钱学森为什么要回国呢？对此，钱学森的回答是："因为我是一个中国人，我的事业在中国，我的归宿在中国。"

在钱学森的领导主持下，中国的卫星上天了，洲际导弹发射成功了，中国的航天事业取得了飞速的发展。

这就是钱学森对祖国的奉献，这就是伟大的爱国主义精神。

感恩寄语

说起钱学森，首先想到的是他于20世纪50年代冲破重重阻力，放弃美国优越的工作和生活条件毅然回国的事。他的这种举动在今天看来依然是稀缺的。因其少见，所以珍贵。

有一句话流传广泛，即"科学没有国界"，但科学家是活生生的人，有国籍，有民族认同感。在钱学森的心中，他装着祖国，不忘生养他的祖国母亲。因此，他毅然要回到中国去。其所负责开发的"两弹一星"，对国家的现实意义自不必重复，更重要的是，它让一个被压迫了许久的民族挺直了腰板，于是钱学森的贡献就远超越了科学的边界而有了更深远的意义。

> 越过遥远的时空，我们倾听古代猎人们的喃喃低语，看见久远以前诗人们和恋人们的幻梦重现。

初升之月的魅力

[美国]彼得·斯坦哈特　曾庆强　译

我家附近有一座小山，我常常在夜间爬上去。城市的噪音变成了远远的低语。在黑暗的寂静中，我分享着蟋蟀的欢乐和鸱鸺的自信。但我来观看的是月出的话剧。因为，这使我心中重新获得了被城市过于慷慨地消耗掉的宁静与明澈。

从这座小山上，我已观看过多次的月出。每一次月出都有其独特的情调。有又大又圆、充满信心的丰收的秋月；有羞涩、朦胧的春月；有升起在浓墨般的天空那完全的宁静中的孤独、发白的冬月；有挂在干旱的田野上，被烟雾熏染的橘色的夏月。每一次月出，就像美妙的音乐一样，激动我的心弦，然后又抚慰我的心灵。

凝望月亮是一门古老的艺术。对于史前时代的猎人们来说，头顶上的月亮就像心跳一样准确无误。他们知道，每隔29天，月亮就会变得丰满圆润，光华四射，然后因生病消瘦而死去，接着又再次诞生。他们知道，逐渐丰盈的月亮在一天接一天的日落之后会显得更大，在头上的位置更高。他们知道，逐渐亏缺的月亮一夜比一夜升起得晚，直到消失在日出之中。能凭经验懂得月亮的变化模式一定是一件很深奥的事。

但我们住在户内的人，却与月亮失去了联系。路灯的闪烁和污染的灰尘像面纱一样遮住了夜空。虽然，人类已经在月球上漫步，但月亮却变得不那么熟悉了。

我们之中很少有人能说出当晚的月亮将在什么时间升起。

然而，它仍然在吸引着我们的思绪。如果我们毫无预料地突然看到一轮满月，巨大金黄，挂在地平线上，我们会茫然不知所措，只能凝眸回望它那端庄的仪容。

而对那些凝望者，月亮是会有所赐予的。

我懂得月亮的赐予是在一个七月的晚上，在山上。我的汽车的发动机神秘地熄了火，我被困在那里，孤身一人。太阳已经落山了，我注视着东面，在一道山脊的那一边有一团明亮的橘黄色的光，看上去像林中的篝火。突然间，那道山脊本身似乎猛地燃烧了起来。接着，那又大又红的月亮，由于夏日大气中的灰尘和水汽，它变得形状怪诞。

就这样，由于被大地灼热的气息所歪曲，月亮看起来性格乖戾，残缺不全。附近农舍的狗都神经质地吠叫起来，似乎这种怪异的光唤醒了树林中邪恶的精灵。但是，当月亮脱离山脊而升起时，它聚集了越来越多的坚定性和权威感。它的面色变化着，从红色变成橘色，然后变成金色，再变成冷黄色。它似乎是从暗淡下来的大地中吸取着光明，因为，随着月亮的上升，下面的山峦和山谷变得越来越暗淡无光。当月亮脱离了地平线，胸脯丰满浑圆，带着象牙色的清辉独自挂在那里时，山谷已成了这幅景色中深深的阴影。那些狗，意识到这依然是熟悉的月亮，都停止了吠叫。突然间，我感到让我自信和一种几乎想放声大笑的欢乐。

这一幕延续了一个小时。月出是缓慢的，充满了微妙之处。要观赏它，我们必须渐渐置身于更古老、更耐心的时间观念之中。观

赏月亮执着地逐渐升高就是在我们自己心中找到一种不寻常的宁静。我们的想象力渐渐意识到宇宙的广漠和大地的无垠，感到我们自身的存在是多么不可思议。我们渺小，但却享有特殊的荣幸。

月光从不向我们显示生活的任何一道坚硬的边缘。月光下，山坡看起来如丝织银铸，海洋则显得静谧、幽蓝。在月光中，我们变得不再那样斤斤计较，而更被我们的感情所吸引。

在这样的时刻，往往会发生一些奇迹。在那个七月之夜，我观赏了一两个小时的月亮，然后回到汽车中，转动点火器的钥匙，接着便听见发动机开动了起来，正像几小时前熄火时一样神秘。我驱车下山，肩上浴着月光，心中充满了宁静。

我常常回到初升之月的身边，特别是当各种事务把悠闲和梦幻的清晰挤到我生活的一个小小的角落中去时，我更受到强烈的吸引。这种情况在秋天经常发生。于是我就到我的小山上去，等待那猎人的月亮，巨大、金黄的月亮升起在地平线上，使夜充满梦幻。

一只鸥鹬从山岭之巅猝然扑下，无声无息，但明亮如焰。一只蟋蟀在草丛中尖声吟唱。我想起诗人和音乐家，想起贝多芬的《月光奏鸣曲》，想起莎士比亚在《威尼斯商人》中创作的罗兰佐说道："月光睡眠在这岸上何等美妙！让我们在这里坐下，让音乐之声轻轻注入我们耳中。"我思索着，他们的诗句与音乐是否像蟋蟀的乐曲一样，在某种意义上正是月亮的噪音。带着这样的思绪，我那城市生活所引起的茫然迷乱全部融化在夜的安谧之中。

恋人们和诗人们在夜里找到更深刻的含义。我们也都会情不自禁地提出更深刻的问题——关于我们的起源、我们的命运。我们沉溺在谜之中，而不是那统治着白昼世界的没有人情味的几何。我们变成了哲学家和神秘主义者。

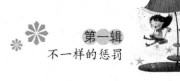
在月亮升起时，当我们按照天空的速度减缓我们大脑的节奏时，魔力就悄悄地笼罩了我们。我们打开感情的阀门，使我们大脑中那些在白昼里被理智锁住的部分驱动起来。越过遥远的时空，我们倾听古代猎人们的喃喃低语，看见久远以前诗人们和恋人们的幻梦重现。

感恩寄语

中国传统文化中的"天人合一"思想使古代文人学者对自然中的山水、草木、风花、雪月等十分亲近。"月"以特有的魅力备受文人们的青睐，因此，成为千百年来被歌咏的"长青树"。从"无言独上西楼，月如钩"，到"杨柳岸晓风残月"；从"床前明月光"，到"举杯邀明月"；从"月是故乡明"，到"千里共婵娟"……只要你打开古香古色的古典诗歌，就能看到多情的月亮。不同的国家，不同的民族，虽然存在着文化上的差异，但是，人类的情感是一致的，面对着同样的月亮，都会发出诸多感悟。因为，它是人类的情感载体。月亮只不过是客观的天体，它从最初的残缺不全到最终圆满的自信和勇气，直至冲出束缚它的地平线，不过是几分钟时间，但就是这短暂的几分钟，带给了人们无穷的震撼和无限的遐想。它的魅力谁也无法抗拒，它赐给我们宁静、安详、朦胧、诗意，给我们无穷的精神愉悦。人月融为一体，人的灵魂得以洗涤。

> 我们想，人生中充满了爱，然而当我们问问自己和别人——谁有多少时间在爱，却原来是那么少！请看，我们也是多么懒惰啊！

大地的眼睛

[俄罗斯]米·普里什文

有这样的情况，某人在积雪很深的雪地里穿过，结果他并不是白费力气。另一个人怀着感激之情顺着他的脚印走过去，然后是第三个，第四个……于是那里已经可以看到一条新的小路了。就这样，由于一个人，整整一冬就有了一条冬季的道路。

可是有时候一个人走过去了，脚印白白留在那儿，再没有任何人追随他走过，于是紧贴地面吹过的暴风雪掩盖了它，什么痕迹也没有留下。

世界上我们所有人的命运都是这样的：往往是同样劳动，运气却各不相同。

向自己提出的问题

不知为什么我们好像觉得，如果是鸟，那么它们就多半在飞；如果是扁角鹿或老虎，那么它们就在不停地跑跳。实际上，鸟是停着的时候比飞的时候多；老虎懒得很；扁角鹿常常吃草，只是嘴唇在动。

人也是这样。我们想，人生中充满了爱，然而当我们问问自己和别人——谁有多少时间在爱，却原来是那么少！请看，我们也是多么懒惰啊！

思想的诞生

在我漫长的一生中，有多少小小的子弹和霰弹落到了我的身上，不知从哪儿飞来，击中我的心灵，于是给我留下许多弹伤。而当我的生命已近暮年，这些数不尽的伤口开始愈合了。

在那曾经受伤的地方，就生长出思想来。

紫红色的斑点

太阳落向一些白桦树的后面，白桦树却仿佛在向白云——春天里呈积云状的白云伸展。树林里一棵松树被太阳涂上一块紫红色的斑点，太阳正在下落，斑点却渐渐升高，渐渐熄灭。

我望着这块斑点，同时想着我自己：我也应该这样——有朝一日是要熄灭的，不过一定要在上升的时候。

神秘的地方

爱——这是一个神秘的地方，我们每个人都是坐在自己的船上驶向那里。在自己的船上，我们每个人都是船长，而且是用自己个人的方法驾驶它。

以防万一前进，当然啦，前进，不过在生活中我们每个人总会遗失什么东西，而不得不返回去找寻。

所以，急于前进的时候，为了以防万一，我们将记住已经走过的路。

没有朋友

有一种欢乐，不需要任何旁的人，独自个儿就感到完全浸沉在欢乐之中。还有一种欢乐，却希望一定要和别人分享，如果没有朋友，不知怎的，这欢乐就不成其为欢乐，甚至会化为忧愁。

黎明之前

森林里最黑暗的时候并不是午夜，而是在破晓之前。"多么暗啊！"有人会说。

而另一个人抬起头来，回答说："暗吗？这就是说，不久就要天亮了。"

在霞光中

霞光在空中燃烧，你自己，当然，也在霞光中燃烧，千百种声音在霞光中汇合在一起，为的是赞美生活，燃烧，烧尽。但有一个轻微的声音，或者不如说是悄声耳语，不大同意和大家一起燃烧。

我的朋友，你不要去听这恶毒的悄声耳语，为生活而高兴吧，为了生活而表示你的谢意吧，也像我这样，和所有的霞光一起燃烧吧！

小 溪

海洋是伟大的，然而在森林里或沙漠的绿洲里，小溪却在完成着同样伟大的事业。小溪在沙地上奔流，在大河面前毫不畏缩，一刻也不停顿，而且是以平等的身份，像兄弟那样，愉快地汇合到一起，因为现在它还是一条小溪，可是眼看着它自己也要成为海洋了。

基洛夫地下铁道写的是"入口"，人们却从那儿走出来；写的是"出口"，人们却蜂拥地进去。不，朋友，写着的并不总是正确的，把你自己的智慧加到所写的东西上，是有好处的。

我的忠告就是弯曲的钉子，也能把它弄直，只是以后敲打它的时候需要格外小心，因为在那个脆弱的地方它还会弯曲的。

人有时也会受尽折磨，弄得他精神那么颓丧，意志那么消沉，因此对待他需要极端小心谨慎。

光和阴影

一切都竭力追求光，然而如果把光一下子给予一切，那就不会有生命了。云用自己的阴影遮住阳光，人们也是这样用自己的阴影互相遮蔽着，这阴影来自我们自己，我们用它来保护自己的孩子，遮住他们还受不了的光。

我们是暖是寒——太阳才不管我们的事，它晒啊，晒啊，毫不照顾我们的生活。这是地球在旋转，有时用这一面，有时用另一面对着太阳，用自己的阴影遮蔽着我们……我们的生命多亏了阴影，地球的阴影，但生活却是这样安排的——一切有生命的东西都在追求光。

欢乐与痛苦

大家都知道应当忘记痛苦，但很少有人懂得，一切成功和幸福固然应当欢迎，应当接受，而把成就放入自己的仓库后，也要尽快地忘记。

欢乐与痛苦都应当忘记，要记住的只是永远前进的思想。

生活的能工巧匠

有的人在维护规则和方法的斗争中献出生命和自己的幸福，有的人则为了寻求幸福同一切习惯作斗争。

有这样一种能工巧匠：为人的双手锻造钢铁，把锁挂在人的嘴上。于是，人们把自己的镣铐称为习惯。

也有一种能工巧匠，他们善于打破人们的习惯。

美德的拐杖

一个人一定要坚强，不然的话，恶者喜欢弱者、善者，会把他们当作自己的拐杖。所以必须记住：真正的恶行是跛脚的，永远用

美德拐杖行路。

笑的大师

假如你想笑出眼泪，笑痛肚子，笑倒在地，还是经常笑自己吧，因为一切行为都有隐秘可笑的一面……但我们不会笑自己——这是办不到的。这里只有一个办法：在别人身上发现自己可笑之处，把它展示出来，看着它哈哈大笑。

明与暗

我发觉我的小说的核心是明与暗的哲学；我现在懂得一切事物都有明处，每样事物都有暗处。

例如人脸便是明暗相争的结果，因为没有暗处，只有明处，人脸就不成其为脸，而是一张饼了。没有光明，一切都会淹没在黑暗之中。

世上本没有路，走的人多了也便成了路。如果没有人继续走，那么即使成路的地方，也终将被湮没！思想也是如此，只有被延续的思想，才能够长久流传！黎明之前是最黑暗的，但是只要忍过这段时间，就会看到光明！万事万物都是相互依靠的，生命注定是此消彼长的一个过程！

我们必须学会坚强，只有坚强，才能够取得最终的成功。每种事物都是一分为二的，把好的和坏的分清楚，我们才能够进步。积少成多，积善成德，积勤奋努力以获成功。如果你的心中有阳光，那么即使你身处黑暗，遇到再大的挫折，你也一样可以闯过去，迎向初升的朝阳！

第二辑
给陌生人依偎的肩膀

　　在现代社会中，由于生活节奏的加快，人们越来越浮躁，没有耐心去和大自然交流，也没有耐心和别人沟通，生活中的快乐离我们越来越远。我们总认为：我们之所以不快乐，是因为太忙碌，却从来没有想过，我们对待生活的态度。

卡耐基在12岁那年跟着父母由苏格兰移民到美国，当时卡耐基家生活非常困苦。卡耐基小小年纪就失去了上学的机会，早早地外出打工贴补家用，他先后做过纱厂童工、电报投递员。卡耐基是一个非常好学的孩子，在做电报投递员的时候，他利用业余时间掌握了电报密码，成了一名报务员。这一年他年仅16岁。

暂时保管财富的人

安德鲁·卡耐基是美国家喻户晓的大富翁。到1919年为止，他出资在美国、加拿大、英国的许多城市建造了图书馆，数量超过了3000个，耗资6000万美元。

卡耐基为什么要建造这么多图书馆呢？这还得从他的童年讲起。

卡耐基在12岁那年跟着父母由苏格兰移民到美国，当时卡耐基家生活非常困苦。卡耐基小小年纪就失去了上学的机会，早早地外出打工贴补家用，他先后做过纱厂童工、电报投递员。卡耐基是一个非常好学的孩子，在做电报投递员的时候，他利用业余时间掌握了电报密码，成了一名报务员。这一年他年仅16岁。

看到同龄人都能上学，卡耐基求知的欲望也越来越强烈。刚好，匹兹堡有一位慷慨的安德逊上校，他出资在当地修建了一座图书馆，并且免费向穷孩子们开放。卡耐基知道有这样一个好去处，高兴极了。每天只要一有空，他就到图书馆去看书。他最感兴趣的是有关美国历史、电话、铁路、钢铁方面的知识，几乎浏览了所有有关这些方面的书籍。这些知识为卡耐基日后的成功奠定了坚实的基础。

1853年，卡耐基向宾夕法尼亚州的铁路主管托马斯·斯各特建议建立铁路部门自身的电报线路。斯各特接受了这一建议并任用卡耐基管理电报线路。南北战争爆发后，斯各特又重用卡耐基，让他担任修复铁路部门的电报线路的工作。在工作中，卡耐基预见到木铁路桥将被钢铁路桥替代，于是他在1873年建立了埃德加·托马斯钢铁公司。事实证明他的眼光是正确的，到1901年，他一跃成为全世界最富有的人之一。

但是，卡耐基与一般的富翁截然不同，他有钱，但他从不挥霍浪费，也没有打算把钱留给他的子女。他时时回想起自己童年时生活的艰辛和父母操劳的身影。一想到有像他一样的穷孩子不得不过早地背上生活的重负，他就认为自己有责任去帮助他们。

1889年，卡耐基写了一篇文章，题目是《论财富》。在文章中，他说让财富发挥更大作用的最好办法是创立基金会制度，这样"百万富翁将只是穷人的信托人，暂时保管一部分日益增加的社会财富"。他的文章发表后引起了很大的反响，人们被卡耐基无私奉献的精神所感动，《北美评论》上有人说"从来没有人能用像卡耐基那样独特的方式来对待金钱"。后来，卡耐基的文章以《财富福音书》为题流传欧美，产生了深远的影响。

是的，卡耐基是这样想的，同时也是这样做的。除了修建图书馆，使像他这样的穷孩子也有书读之外，他还捐款修建了许多博物馆、艺术馆、音乐厅等公共设施。人们在走进卡耐基捐资建造的各种公共设施时，在接受卡耐基基金会的捐赠时，感触最深的不是财

富的力量，而是这位富翁的人格魅力。

有人说过，当你拥有6个苹果的时候，千万不要把它们都吃掉，因为你把6个苹果全部吃掉，你也只吃到了6个苹果，只吃到了一种味道，那就是苹果的味道。如果你把6个苹果中的5个拿出来给别人吃，尽管表面上你丢了5个苹果，但实际上你却得到了其他5个人的友情和好感，以后你还能得到的更多。当别人有了别的水果的时候，也一定会和你分享，你会从这个人的手里得到一个橘子，那个人手里得到一个梨，最后你可能就得到了6种不同的水果，6种不同的味道，6种不同的颜色，6个人的友谊。人一定要学会多一些爱心去关心别人，有时候放弃会得到更多。

文中主人公卡耐基的经历也证实了这一点，赠人玫瑰，手有余香。我们得到了社会的馈赠，就要对社会给予回报。

> 那位老人向出租车走去时，向我挥了挥手。"嘿！"我叫道，他转过身。"你说得对，"我说，"是个阳光明媚的早晨。"

等待生活

[美国]阿尔·马丁内斯　李玫　译

我是一个没有耐心的人，我要求和我交往的人也必须雷厉风行，不然的话，我就不高兴。我从不错过时间，约会从不迟到，上帝帮助了每一个在超级市场排队算账时想要插到我面前的人。

我这样谈自己的不耐心，也许你可以想象，当我碰上了交通阻塞时，是个什么样子了。这事发生在南佛罗里达州靠近我的家乡的山路上，一位年轻人在防栅旁拦住了我，告诉我可能要耽搁半个小时。"为什么要耽搁？"我问。"因为路被挖开了，"他回答说，"我们在装水管。""见他的鬼吧，排水管。"我说，情绪马上低落了。

他耸耸肩："那你就绕过去吧。"

我觉得他的话也有些道理。我还不太清楚这个坑的情况，但是我相信我不会掉进坑去的。

接下来的五分钟是在烦乱中度过的：文件在我的手提箱里，收音机和一些东西在工具袋里，我把所有的东西拿出来又放回去，然后长嘘短叹地盯着窗外。

不一会儿，在我的车后停了一大串汽车，司机们纷纷下车。看

来那小伙子的主意不是个坏主意，我该试试，总比坐着干等强。

就在这时，一个年龄比较大的人走过来，说："真是个阳光明媚的早晨。"他穿着工装裤，花格子衬衫，像是开出租车的。

我看看四周，远处朦胧的溪流从圣·莫尼克大山上流下来，银灰色的水线接着蓝天，是个开阔清爽的秋天的大自然。"不错。"我说。"下大雨的时候，瀑布就从那边流下来。"他指着一块凹进去的断崖接着说。我想起我好像也见过洪水从那块断崖上倾泻下来，在山脚激起很高的水花。我很可能只是急急忙忙地经过这里时匆匆地看了一眼。

一位年轻姑娘从车上走下来问道："有上山的路吗？"老人大笑着说："有几百条，我在这里已经22年了，还没有走完所有的路。"我想起这附近有个公园，里面有一块很凉爽的地方。在一个炎热的夏日里，我曾经在里面散步。"你看到那只山狗了吗？"一个穿着大衣打着领带的年轻人叫起来，吸引了那位女士的注意力，"在那里！我看见了。"她突然大叫起来。

年轻人兴奋地说："冬天快来了，它们一定在贮存食物。"

司机们都跑了出来，站在路边看。有些人拿出照相机拍照，耽搁变成了愉快的事。我记得上次洪水暴发的时候，道路被淹没，电灯线被破坏。我的邻居们，有些聚在一起议论纷纷，有的点上灯笼一起喝酒聊天，还有的一起烤东西吃。

是什么把我们聚在一起了呢？要不是风在呼啸，洪水暴发，或交通阻塞，我们怎么会把时间分配在这里而和人交谈呢？这时，一个声音从栅栏那边传过来："好了，道路畅通了！"我看了看表，55分钟过去了。我简直不敢相信，耽搁了55分钟，我竟然没有急得发疯。

汽车发动起来了。我看见那位年轻姑娘，正把一张名片递给那位打领带的小伙子。也许他们将来还会在一起散步。

那位老人向出租车走去时，向我挥了挥手。"嘿！"我叫道，他转过身。"你说得对，"我说，"是个阳光明媚的早晨。"

感恩寄语

现代社会中，由于生活节奏的加快，人们越来越浮躁，没有耐心去和大自然交流，也没有耐心和别人沟通，生活中的快乐离我们越来越远。我们总认为：我们之所以不快乐，是因为太忙碌，却从来没有想过，我们对待生活的态度。

然而一天清晨，一位老人对晨光的赞美吸引了"我"的注意力，"我"几乎忘记了自己是一个吝惜时间的人。等待的过程，竟没有让"我"急得发疯。

"我"从不会为了工作之外的事而牺牲一分一秒，而这些被"我"视作生命的东西就在一群路人的笑声中淡去。

等待本身其实就是一种对生活的态度，一种对生活的选择。而从前，"我"不肯等待，不肯停留，为此错过了生活中许多美好的东西。等待也是美好的，它会让你发现生活里曾经错过的美好。

一位村妇伸手抱起了男婴，没想到的是，男婴身底下整齐地放着一个布袋。打开一看，里面是老人收藏好的甜酥瓜种子……

低洼田里的老人

老人是村里的木匠，记不清做了多少年木工活儿，只是走遍全村每家每户几乎都能看到出自老人之手的精美家具。听说，老人年轻时娶过老婆，可惜后来因难产死了，连同肚子里的香火种子。后来，老人再也没有续娶。

时光飞逝，老人真的老了，再也没有力气干那些锯木刨板的重活了。于是，老人想到去侍弄村北边的一片荒芜的低洼田。

老人将要住进低洼田里的小草屋了。送行时，村里人简直不敢相信——真正属于老人的家产只有一口油亮亮的寿材！看热闹的孩子们好奇地缠着大人问，那个大木盒子是什么玩意儿？大人们直说了，老木匠死后睡的。孩子们看到这个神秘而可怕的寿材，一个个拔腿跑开了。

不久，孩子们上学下学或者割草玩耍走过低洼田上的拦水坝时，准会看到湿润润的新泥垄以及老人佝偻的身影和他的一架摇摇晃晃的脚踩水车。

老人总是热情地招呼孩子们进他的草屋，但孩子们一想到他的那口寿材就却步了。后来孩子们之所以一反常态一个个争先恐后地跑进老人的草屋，是因为老人从低洼田里收获了一大堆豆子，然后在土灶上炒得香飘四方诱人垂涎。这时，老人笃悠悠倚着他的寿材坐下，笑哈哈地把豆子分给孩子们，要是来兴致，还会讲个稀奇古怪的故事。孩子们就常常忘了时间，总是赖在草屋里，老人的寿材也成了他们玩捉迷藏游戏时的隐蔽物。

拦水坝外的河水慢慢涨高了，低洼田里的积水也多了起来，老人就不停地趴在脚踩水车上排水。可是老人枯瘦的筋骨里终究没有多少力气了，踩着，踩着，就气喘得不成，无奈，眼帘一闭趴在水车上睡着了。

老人又有办法了，水车扒挡上挂上一袋子香喷喷的熏青豆。孩子们放学走过时自然嘴馋了。老人说，谁替我踩水车，熏青豆就给谁吃。这一招果然奏效，孩子们顿时欢呼雀跃，一个个小猴子似的快捷地往水车上爬。看着混浊的积水一戽一戽从低洼田里排出来，绿油油的枝叶快活地摇晃在暖风里，老人不禁侧过脸去老顽童似的偷偷地笑。

从老人那里获得充饥解馋的瓜豆，成了孩子们一天中最快乐的事。可是，不知从哪天起，老人不再如往日那样慷慨了，甚至有些吝啬。

孩子们终于撒野了，尤其是那个绰号叫泥鳅的顽皮鬼，更是"胆大妄为"。一个星期天中午，乘老人草屋里没有丝毫动静之机，在泥鳅的带领下，七八个孩子迎着微风中送过来的一阵阵甜香气，蹑手蹑脚地闯进了瓜垄。哇，一个脑袋样硕大的甜酥瓜静静地躺在稻草上。害怕与歉疚终于管不住深深的诱惑，泥鳅迅速上前去把那个大甜酥瓜摘了下来，接着孩子们好像一群饿狼觊见了猎物，把掰得支离破碎的甜酥瓜塞进咂巴咂巴的小馋嘴里。

小死鬼，那是我选留的瓜种！老人的吼声突然从草丛里传出来，孩子们这才知道闯大祸了，纷纷沿着低洼田的土埂逃散开去。

或许是老人没力气追赶了，他坐在草屋背后的土墩上对孩子们大喊，吃了瓜无所谓，可得替我把瓜子收着！孩子们毕竟有些懂事了，一个个停下了脚步。

当老人俯身，去土埂边小心翼翼地捡瓜子时，孩子们似乎听到

了几声稚嫩而微弱的哭声。奇怪，这低洼田里怎么会有婴孩呢？没错，转眼间老人已经抱着一个襁褓，在草屋檐下轻轻颠颤着、呢哝着。后来才知道，前些天老人去镇上卖瓜，在街边的垃圾堆旁捡到了一个嗷嗷待哺的男婴。

从此，孩子们再走过低洼田上的拦水坝时，就会看到老人把最新鲜甜美的瓜豆送到男婴嘴边，总有几个调皮鬼会用泼水、掷泥疙瘩等方式去惹烦那男婴。老人见了，照例会大吼："小死鬼！"言语里有不可言喻的宽恕与亲热。

老人喜滋滋地把男婴搂到拦水坝上，叫他学着喊哥哥姐姐，末了，总会闪着憧憬的目光对孩子们说，再过几年就让男婴跟你们一起上学。孩子们扑哧扑哧笑开了，因为那男婴才小萝卜样一个。可是老人听不出孩子们笑声里藏着的几分揶揄，只顾无比幸福地把他的心思塞给懵懂一片的男婴。

拦水坝外的河水涨得更高了。老人就日夜不停地踩着水车。孩子们上学放学或割草玩耍走过拦水坝时，会不声不响地爬上水车，使出越发熟练的技巧噼噼啪啪地把水车踩得飞快，老人就点一管旱烟，惬意而慈祥地歇着。最后，老人照例从水车扒挡上取下香气扑鼻的炒豆奖给孩子们，只是孩子们不再像以前那样丝毫不掩饰馋意了，一个个说过谢后才恭敬地接过老人的奖励。

那一场疯狂肆虐的暴雨一定是夜深人静时袭来的。难怪孩子们从噩梦中醒来时才知道村里乱作一团。

孩子们蹚着没膝深的洪水跟着大人来到村北头的岸边一看，惊呆了。浊波荡漾的低洼地上空晃动着黑黝黝的草屋脊顶、几支绿色蓊蓊的树梢，老人那口油亮亮的寿材正像小船一样随风漂荡……

呜啦啦——全村男女老少顿时号啕痛哭，撕心裂肺般地呼喊着老人和他的男婴！不，在孩子们的眼里还有老人草屋里香甜诱人的瓜豆！

孩子们含着眼泪默默地凝望着老人的寿材慢慢地随风漂来。

是男婴的哭声！孩子一声惊叫。大人们打断说，别痴心妄想了，如此突如其来的大洪水，最硬的命也是保不住的。

真的，你们听！孩子越发真切地大叫起来。

老人的寿材很快漂到了村岸边。人们迅速掀开盖板一看，里面果然躺着老人领养的那个男婴，惊恐的脸蛋儿上挂着满满的泪痕。

一位村妇伸手抱起了男婴，没想到的是，男婴身底下整齐地放着一个布袋。打开一看，里面是老人收藏好的甜酥瓜种子……

孩子们哭得更伤心了！

感恩寄语

人，都是在希望中活着的，就像低洼地里的老人，年轻的时候，他走乡串户地给人家做木工，身后留下的是一件件精美的家具，家具的主人一声声赞美的言辞就是他活着的价值所在。他没有什么过高的生活要求，赞美声就像酒壶里的二两老酒，让他美滋滋地喝个够。当他老得再也做不了木工活时，他到了那个低洼的水田里，那些孩子们惦记着的甜瓜就是他每一年的希望，这种希望虽然低到了尘埃里，但是，却让老人的生命每天都注入新的内容。其实，生命，本来就是平平淡淡普普通通的，一场疯狂肆虐的暴雨，让他的生命出现了令人炫目的彩虹。为了让生命得以延续，他选择了另外一个生命，这个生命就是他的希望，即使生命为此而终结，他也用行动诠释了自己生命的价值。

每个人，无论是处于顺境还是困境，都应该怀揣着希望，只有希望才能点燃生命的火种，只要有希望，就能让平凡的生命拥有创造不平凡的动力。

"我现在要的不多。"男孩说，"只要一个安静，可以坐着休息的地方。我好累好累。"

奉献的树

[美国]谢尔·西弗斯汀

从前有一棵树，她好爱一个小男孩。每天男孩都会跑来，收集她的叶子，把叶子编成皇冠，扮起森林里的国王。男孩会爬上树干，抓住树枝荡秋千，吃吃苹果，玩累了，男孩就在她的树荫下睡觉。他们还会一起捉迷藏。男孩好爱这棵树……好爱喔！树好快乐！

日子一天天过去，男孩长大了。有一天，男孩来到树下，树说："来啊，孩子，爬上我的树干，抓着我的树枝荡秋千，吃吃苹果，在我的树荫下玩耍，快快乐乐的！"

"我不是小孩子了，我不要爬树和玩耍。"男孩说，"我要买东西来玩，我要钱，你可以给我一些钱吗？"

"真抱歉，"树说，"我没有钱，我只有树叶和苹果。孩子，拿着我的苹果到城里去卖吧，这样，你就会有钱。"于是男孩爬到树上，摘下她的苹果，把苹果通通带走了。树好快乐。男孩好久都没有再来……树好伤心。一天，男孩回来了，一脸愁容，树很惊讶，问男孩："有什么不快乐的事吗？"男孩说："我想要一幢房子，你可以给我一幢房子吗？"

"我没有房子。"树说，"森林就是我的房子，不过，你可以砍下我的树枝，去盖房子，这样你就会快乐了。"于是男孩砍下了她的树枝，把树枝带走去盖房子。树好快乐。但是从那以后男孩很久也没有回来，树很孤单、难过。

一个夏天，男孩回来了，树太快乐了，快乐得几乎说不出话来。"来啊，孩子，"她轻轻地说，"过来，来玩呀！"

"我又老又伤心，玩不动了，"男孩说，"我想要一条船，让它带我离开这里。你可以给我一条船吗？"

"砍下我的树干去造条船吧！"树说，"这样你就可以远航，你就会快乐。"于是男孩砍下了她的树干，造了条船，坐船走了，很久都没有回来。树好快乐……但不是真的。过了好久好久，男孩又回来了。"我很抱歉，孩子。"树说，"我已经没有东西可以给你了，我的苹果没了。"

"我的牙齿也咬不动苹果了。"

"我的树枝没了。你不能在上面荡秋千了……"

"我太老了，不能在上面荡秋千。"男孩说。

"我的树干没了，"树说，"你也不能爬上来了。"

"我太老了，爬不动的。"男孩说。

"我真希望还能给你点什么，可是我什么也没了。我只剩下一个老树墩。我很抱歉……"

"我现在要的不多。"男孩说，"只要一个安静，可以坐着休息的地方。我好累好累。"

"好啊。"树一边说，一边挺直身体。"正好啊，老树墩最适合坐下来休息了。来啊！孩子，坐下来，坐下来休息。"

男孩坐了下来，树好快乐。

这是一则寓言，讲述了一棵树和一个小男孩的故事。小的时候，树给男孩提供了玩耍的地方，把结出的苹果给他吃，用自己的枝条给他遮荫。树很快乐。男孩成年了，树把自己的躯体都奉献给了男孩。树感到快乐。直到树只剩下一个树墩时，仍然给他做了歇息的板凳。树觉得始终很快乐。树奉献了自己的一生，从自己枝繁叶茂，果实累累，到自己躯体用尽，一无所有，但她却始终奉献着并快乐着。可见，真正的快乐在于给予，而不是索取！付出，是和你的快乐成正比的。强烈的占有欲只能使自己深深地陷入欲望的泥淖而不能自拔，当自己的欲望满足不了的时候，你始终被痛苦的毒蛇舔舐着。在生活中，很多人都在默默地奉献着，环卫工人用他们手中的扫帚扫出了乘客，给他们带来快乐，乘务员用他们的微笑感染了乘客，给他们带来了快乐。教师用他们的知识开启了孩子们的快乐，奉献本身就是快乐。

> 使我最难忘的是每当这双手抓着我的肩膀时，我就感到一股特殊的温暖。这双手几乎能干一切活。然而，只在一件事上，这双手令人失望了：它永远没学会写字。

父亲的手

[美国]加尔文·渥星顿

父亲的手粗壮、有力，能不费力气地修剪果树，也能把一匹不驯服的骡子稳稳地套进挽具。他这双手还能灵巧、精确地画一个正方形。使我最难忘的是每当这双手抓着我的肩膀时，我就感到一股特殊的温暖。这双手几乎能干一切活。然而，只在一件事上，这双手令人失望了：它永远没学会写字。

父亲是个文盲。美国的文盲人数现在已经逐渐减少了。但是，只要还有一个文盲，我就会想到我的父亲，想到他那双不会写字的手和这双手给他带来的痛苦。

父亲6岁时，开始在小学一年级读书。那时，课上答错一题，手掌上就要挨十下打。不知什么原因，父亲那淡色头发下面的脑袋怎么也装不进课上讲的数字、图形或要背的课文。在学校才待了几个月，我爷爷就领他回家了，让他留在农场干成年男人干的农活。

若干年后，只受过四年教育的母亲试图教父亲识字。又过了若干年，我用一双小手握着他的一只大拳头，教他写自己的名字。开始，父亲倒是甘心忍受这种磨炼，但不久，他就变得烦躁起来。他活动一下指头和手掌，说他已经练够了，要自己一人到外边

散散步。

终于，一天夜里，他以为没人看见，就拿出他儿子小学二年级的课本，准备下工夫学些单字。但是，不一会儿，父亲不得不放弃了。他趴在书上痛哭道："耶稣——耶稣，我甚至连毛孩子的课本都读不了？"打那以后，无论人们怎么劝他学习，都不能使他坐在笔和纸面前了。父亲当过农场主、修路工和工厂工人。干活时，他那双手从未使他失望过。他脑子好使，有一股要干好活的超人意志。第二次世界大战时，他在一家造船厂当管道安装工，安装巨型军舰里复杂、重要的零件。由于他工作劲头大、效率高，他的上司指望提拔他。然而，由于他未能通过合格考试而落空了。他脑子里可以想象出通到船的关键部位的条条管道；同时，他的手指可以在蓝图上找出一条条线路。他能清楚地回忆出管道上的每一个拐角、转弯。然而，他却什么都读不懂、写不出。

造船厂倒闭后，他到一家棉纺织厂工作。他夜里在那儿上班，白天抽出些睡觉时间来管理自己的农场。棉纺织厂倒闭后，他每天上午到外头找工作，晚上对我母亲说："通不过考试的人，他们就是不要。"

最后，他在另一家棉纺织厂找到了工作。我们搬进了城。父亲总是不习惯城里的生活，他那双蓝眼睛褪色了，脸颊上的皮肤有些松弛了。但是那双手还是很有劲。他常让我坐在他膝上，给他读《圣经》。对我的朗读，他感到很自豪。

一次，母亲去看我姨妈，父亲到食品店买水果。晚饭后，他说，他给我准备了一些意想不到的水果。我听到他在厨房里撬铁皮罐头的声音。然后，屋里一片寂静。我走到门口，看见他手拿着空罐头，嘴里咕哝道："这上的画太像梨子了！"他走出门，坐在屋外的台阶上，默不作声。我进屋看到罐头上写着"大白土豆罐头"。但是那上面画的的确像梨，难怪父亲把它当梨买来了。

几年后，妈妈去世了。我劝父亲来和我们一起住，他不肯。他的身体越来越差了，因为轻微的心脏病发作，他常常住医院。老格林医生每星期都来看他，给他进行治疗。医生给了他一瓶硝酸甘油片。万一他心脏病发作，让他把药片放在舌头底部。

我最后一次见到父亲时，他那双又大又温暖的手放在我的两个孩子的肩上。那天晚上，我们全家乘飞机离开父亲到新城市里居住。三个星期后，他心脏病发作与世长辞了。

我只身一人回来参加葬礼。格林医生说他很难过。实际上，他觉得有点不可思议，因为他刚给父亲开了一瓶硝酸甘油。然而，他在父亲身上却没找到这个药瓶。

他觉得，如果父亲用了这药，大概还能等到急救医生的到来。

在小教堂举行葬礼的前一小时，我不由自主地来到父亲的花园门口。一个邻居就在这儿发现了他。我感到十分悲痛，蹲下身，看着父亲生前劳动过的地方。我的手无目的地挖着泥土时，碰到一块砖头。我把砖头翻出来，扔到一边。这时，跳入我眼帘的是一只被扭歪、砸坏、摔进松土里的塑料药瓶。

我手里拿着这瓶硝酸甘油片，眼前浮现出这样一幕情景：父亲拼命想拧开这个瓶盖，但拧不开；他在绝望中，企图用砖头砸开这个塑料瓶。我感到极端痛苦，知道父亲至死也没能拧开这个药瓶。因为药瓶盖上写着："防止小孩拧开——按下去，左拧，拔"。目不识丁的父亲看不懂这一切。

尽管我知道这样做是完全不理智的，但我还是进城买了一支金笔和一本皮革包的袖珍字典。在向父亲遗体告别时，我把这两件

东西放在他手里，这双曾经温暖、灵巧、能干，但永远没学会写字的手。

感恩寄语

父亲一生不会写字，在生活中吃尽了作为文盲的苦头，尤其因为不会认字，没有人肯任用他，即使勉强被任用，但因为没有文化，也只能做一些体力活，好几次错过了升迁的机会。但是，那双不会写字的手，却粗壮有力，做生活中的一切工作都游刃有余，能极其灵巧地画出一个正方形，也能把自己和孩子的生活打理得非常美好，让生活充满了种种乐趣。

父亲也并不是没有努力过，但依然改变不了这个巨大的遗憾。因为不认字，去超市买东西，能错把土豆罐头当作梨罐头买回来，也许这样的事情不止一次地发生过，"我"并不觉得有什么可笑，只是从心底涌起莫名的忧伤，对父亲没能接受教育感到深深的遗憾。父亲最终还是死于他的一双不会写字的手上，因为他不知道怎么打开那只能救命的药瓶。父亲在痛苦中失去了生命，也给"我"留下了终生的遗憾。父亲的一双手，让"我"感觉到了他的温暖，也寄予了"我"深深的哀痛和惋惜。

有时候，你尽可什么也不拿出来，只要默默地，亮出你的肩膀，一个在尊严中活着的人，就得到了最好的依靠。

给陌生人依偎的肩膀

好像好多次了，我都收到来自山西某镇煤矿的信件。我不知道写信的是谁，因为他给我的信件从来不留姓名。我也不知道他为什么给我写信，因为在他的信中除了谈煤矿的生活，很少涉及我。然而可以推测到的是，他该是我的一个读者朋友，因为他在信中提到去镇上唯一的书报亭买杂志的细节。或许，他在某本杂志上看到了我的文章，并在文章后得到了我的地址，于是就有了他的来信。

那该是一个不大的煤矿，下井的条件并不好，也处处充满着危险。他经常提到巷道深处的寂寞和黑暗，还有冰冷的石头以及不温暖的煤炭。冬天的时候，常常是在井下干得浑身衣服湿透，然后一出井口，衣服便硬挺挺地附着在身上；再下井的时候，还是这身衣服，再凉冰冰地穿着下到井下去。生活是艰苦的，然而更贫乏的是精神生活。从初中毕业辍学打工后，他一直保持着看书的习惯，仅有的几本书几乎都翻烂了。矿工们常常聚在一起胡侃一些荤段子，他不愿听，就独自一个人坐在工棚后边的山梁上，望着对面的大山发愣。我很想写信安慰安慰他。那年高考落榜，我曾经在大同打过工，我知道一个读书人在那种境地里的落寞、无助和内心的荒凉。然而，我不知道怎样联系他，因为他没有留下姓名。难道他只是需要这样一个单程的倾诉，把内心的一切郁闷、烦扰、落寞全部写

出来，交给我看？或者，他只是把自己的内心交给一棵树，一块石头，一朵飘逝的云彩，一阵淡然的风，然后以信的形式寄出去，寄给树，寄给石头，寄给云彩，寄给风，而我，只是一个辗转者！

然而，我还是想写封信给他。因为在这样的一个年龄段里，在人生最重要的路口上，需要有人帮他一把，否则他会少了奋进的勇气，极有可能被生活磨掉了锐气，而最终落入平庸的境地，像他周围的人一样。有一次，我试着拨打了他所在地区的114台，查到那家煤矿的电话，我稀里糊涂地说了半天要找的人，事实上我根本说不清楚，他似乎也没有听清楚，嘟囔了一句，就"啪"的一声把电话给挂了。这唯一的希望也断了。

后来，好久的一段时间，也没有他的信。我以为我们的缘分就此结束了，我想他也许流落到了另一个不知名的地方去了，也许正应了我的某种预料，他连写信的心思也没了，被浑浊的生活完全地吞没了。然而，沉默了一个月后，我又收到了他的信件。他在信中说，这一段时间，他和领班的闹了意见，差一点儿打了架，矿上说不想要他了，周围的矿工也嫌他不合群。他说："矿上不收留我，我收留我；谁都不要我的时候，我也要我。"他还在信中谈道："有一次矿上接到了一个河北的长途电话，说要找一个写信的年轻人，我没告诉他写信的人就是我。但是我猜想那个打电话的人该是你，我也希望是你。你知道吗？那一天，我很激动。其实，我一直没有什么奢望，我只是希望你收到信的时候，认真读就是了。我很希望能有一个像你一样的哥哥，给你写信，就是在我孤单的时候，想象着依偎在你的肩膀旁边，然后，静静地让你听着一个头发蓬乱的弟弟，一点一点地诉说遭遇。"

——哦，亲爱的弟弟。这一封信，你才让我彻底地弄清了事情的原委。让我高兴的是，你并不缺乏坚强，你说谁都不要你的时候，你也要你。这让我很放心，我也希望天底下所有像你一样在困难中挣扎的人，都有着这样一份坚强。

这一封信，你让我明白了，静静地去倾听别人的诉说，有时候也能给孤单无依的人以依偎的肩膀，我才知道了，有一种帮助，其实需要的并不多。

有时候，你尽可什么也不拿出来，只要默默地，亮出你的肩膀，一个在尊严中活着的人，就得到了最好的依靠。

感恩寄语

这是一个倾诉与倾听的故事。倾诉来自一个煤矿的年轻人，确切地说是个中学毕业辍学的年轻人，因为有了自己的思想，所以和那些矿工们就有了不同的声音。因为声音的不同，也就显得高处不胜寒。因为孤独，才采取了这样一种奇特的方式来给自己的存在找到一块坚实的踏板。他需要一种精神上的依靠，即使这种依靠看起来那么虚无缥缈，但是心中的倾诉恰是通过文字给自己的心灵砌了一道牢固的墙，任何打击都无法将它摧毁，至于收信的人有没有只言片语的回音并不重要，只要心里坚信，依靠就会存在。

人，是需要坚强的，坚强到可以战胜一切苦难。处于困境的人，其实最希望获得的就是精神上的支持与鼓励。只要精神上有了依靠，人生就不畏惧荒漠。

过去我爱马尔克姆，现在我仍然爱他。生活绝不会一帆风顺，伤痕不能改变人的品德。

患难朋友

[英国]菲力浦·扬西　赵振伦　译

1971年10月1日，炎热的夏天刚刚结束，一对年轻英俊的加拿大人来到哥伦比亚的格兰西尔国家公园，打算一起攀登6700英尺高的巴鲁·帕斯山，在这里度过甜蜜愉快的假日。男的叫马尔克姆·艾斯皮斯莱特，19岁，女的叫拜波·贝克，18岁。他们一路顺利爬上顶峰，不料老天阴错阳差，突然下了一场雪，把两人困在山上。没办法，他们只好躲进小窝棚里过了一夜。

第二天上午9点多钟，雪停了，这对年轻人立即开始野游。拜波脚上穿着时髦的高筒靴，踩在融雪结成的冰面上不住地闪着趔趄。

山上有条小道约3英里长，顺着小溪蜿蜒伸向山下，一个小时后，两人沿着小路来到山腰，在此停住脚步，靠着被山风吹积而成的雪墙休息了一会儿。

太阳出来了，照在身上暖洋洋的，他们只穿汗衫，把脱下的外衣系在腰上。不远处有条瀑布，携着融化的冰雪，哗哗啦啦地唱着跳着顺着山势飞流直下。两人跑到水边，撩起凉森森的清水打了一阵水仗，而后双双重登旅途，马尔克姆在前领路。

沿着小路走了约莫100米，马尔克姆猛地刹住脚步，右方20米处，两头小熊正在山塘旁边嬉戏玩耍。他们昨天从望远镜里看见过一头母熊带着两头小熊，不过隔得很远，当时只觉着有趣，并不怎么害怕。可是现在说不定就有一头母熊，弄不好就是昨天见过的那头大灰熊，隐蔽在山梁后面的那片桤树林里呢。

马尔克姆一动不动地站着，心里暗暗盘算该怎样应付眼前的情况。如果不惊动它们，也许能溜之大吉。他刚要抬脚迈出第一步，一头母熊呼地从山梁那面扑过来，同时发出刺耳的尖叫和咆哮。灰白色的皮毛在阳光的照耀下油光闪亮，脊背上耸起一座特有的肉峰。拜波知道是碰上了灰熊，别的野兽像这么大的个头没有能跑这么快的。拜波正想到这里，马尔克姆以闪电般的动作一把将她摁倒在一道雪墙之下。

扑上来的灰熊张开了血盆大口，喷吐着腥膻的唾沫，发出阵阵短促的咆哮。眼看就要扑上来了，在这千钧一发之际，他学着鸭子扎猛，向下一蹲，躲过了狗熊的冲撞，但是却挨了重重的一下。

他昏了过去。醒来抬头一看，他发现自己已经被抛出10英尺以外的地方。狗熊撵上了拜波，正站在她的腿上要撕咬她的脖子，她趴在雪地里一动不动。马尔克姆本能地从腰里拔出猎刀，大喝一声，毫不犹豫地冲上去——时间已经不允许他再有丝毫犹豫。母熊直立起来有7英尺高，比他重600多磅。他跳到狗熊后背上，狗熊纹丝不动。

马尔克姆听到狗熊牙齿发出咔吱咔吱的声响，他怒不可遏，用尽全身力气，狠狠地把猎刀捅进狗熊的脖子，又蹬住狗熊肥厚的脊梁向上爬了爬，攥紧刀柄，使劲一豁。"扑"，烫人的鲜血喷洒出来，狗熊发出震耳欲聋的号叫，朝后猛一摆头，匕首脱手飞出，刺伤了马尔克姆的手腕。

这时，狂暴已极的母熊开始全力对付马尔克姆，它伸出两只巨

大的熊掌，把他死死抱住。血的腥气和熊身上的膻臊熏得他直想呕吐。两只大熊掌凶狠地拍打着他的身体。第一掌就像摘假发套似的撕去了他的头发，连头皮也活脱脱全都扒得一干二净。

继而狗熊又抱住他，一块朝山下滚去，一直滚到沟底。狗熊露出钉耙似的牙齿一次次地啃他的脸，弯下腰撕咬他的脖子和肩膀。马尔克姆用拳头有气无力地捶打着狗熊的鼻子，然而无济于事。

事情到了这步田地，马尔克姆也就闭上了眼睛，不再挣扎。他心想：完了，全完了。说来让人难以相信，狗熊见他不动弹，忽然大发慈悲，嘴下留情，拍拍他，抓起泥土和枯枝盖在他身上，摇摇晃晃地走开了。

马尔克姆起初不敢相信自己还活着。他的身子一半在水里一半在岸上。除了手腕痛得揪心，别的地方倒没觉着怎么样。他慢慢地挣扎出水塘，用微弱的声音喊着："拜波，你不要紧吧？"

拜波害怕狗熊还在附近，没敢回答。她爬到沟边，先看见一团鲜血淋漓的头发，之后又发现了马尔克姆。他的脸部血肉模糊难以辨认，右边的脸皮整个朝后掀过去，肌肉全部裸露在外，一只眼球吊在眼眶外面。她大喊一声："马尔克姆，坚持住，我去找人！"说完把外衣扔给他，拔脚朝山下的旅馆跑去。

马尔克姆静静地躺了一会儿，他很想察看一下身上的伤势：手腕已经不能动弹，肯定是断了；一只膝盖脱臼；用舌头舔舔，嘴里靠前的牙齿全都没有了。一只眼睛还勉强能看见东西，但是却不敢看，因为他看见自己的脸皮软软地垂耷下来。他希望这场生死搏斗根本不曾发生，仅仅是一场噩梦。

马尔克姆倚着一截树桩坐了一个半小时，救护人员赶到出事现场，马尔克姆仍很镇静地说："我很好，就是肚子有点饿。"他的好友高迪赶来后不禁倒吸一口冷气，一个毫无血色的白生生的头髅赫然映入他的眼帘。急救站的医生迅速用纱布包好他的头部和腿上被狗熊咬烂的地方，用无线电招来直升飞机，把他送到利佛尔斯托克的维多利亚女王医院。

手术进行了七个小时，医生们在他身上缝了一千多针。"给他修脸简直就是玩拼板游戏。"一个医生事后这样说。

后来，马尔克姆转到了家乡艾德蒙顿的一家医院里。头几个星期他处在绝对镇静的状态之中，几乎丧失了记忆力，身上共植皮41处。

顽强的生命终于开始复苏。医生保证他将安然无恙。圣诞节前的一天，护士为他换纱布，他趁护士暂时走开的时候艰难地挪到浴室的镜子前面，刚刚向镜子里瞥了一眼就几乎晕了过去：医生用胳膊上的肌肉为他安上了假鼻子，又把腿上的皮贴在脸上；没有头发，满脸疮疤。他一连几个星期拒不见人。拜波的来信积成了堆，他也不再理睬。

但是拜波并不气馁，她一直按时给马尔克姆写信。

圣诞节以后，拜波千里迢迢赶到了医院，马尔克姆的内心受到了不小的震动。两人隔着纱布推心置腹地做了长谈。马尔克姆很固执，可是拜波比他更拗。马尔克姆心想，也许她真爱我。

一月，一封催婚的情书飞来，驱散了他心中的阴云。二月，在这次不幸事件五个月后，一个步履蹒跚，体质孱弱，一脸疤痕的人在福特·兰格利火车站下了火车，一位姑娘笑容满面地急步迎上去。几天之后，一对年轻人来到珠宝店，男的为女的买了一枚结婚戒指，姑娘悲喜交集，完全被爱情陶醉了。1973年7月21日，两人举行了婚礼。

马尔克姆舍己救人的事迹不胫而走，很快传遍了加拿大和欧

洲。伦敦皇家人文协会授予他斯坦霍普金质奖章，加拿大政府授予他英敢之垦勋章，并由政府出钱，请这对年轻人赴渥太华，在首都度蜜月。隆重的婚礼上，前来进行国事访问的英国女王亲手把这枚勋章授给了马尔克姆。哥伦比亚卫生部把2035美元赠给他做医疗费用。

今天，夫妻两人居住在雪雷，马尔克姆开饮食店，拜波做行政工作。他们相敬如宾，美满和睦。

有人经常问拜波，她嫁给马尔克姆是否迫于道义的压力，她回答说："过去我爱马尔克姆，现在我仍然爱他。生活绝不会一帆风顺，伤痕不能改变人的品德。"

感恩寄语

马尔克姆和拜波这一对年轻人一起攀登6700英尺高的巴鲁·帕斯山，想在这里度过甜蜜愉快的假日。但是，在登山的途中遇上了灰熊的袭击，马尔克姆为了保护拜波而身受重伤，最终毁容，惨不忍睹。但是，拜波并没有因为朋友的容貌而放弃两人之间的爱情，而是坚持而固执地和马尔克姆结婚，并且相敬如宾，甜蜜生活。爱情，在这两个人身上经受住了命运的考验，而且，让他们经营得更加绚丽多彩。可见，苦难，并不是爱情的鸿沟。在真爱面前，它是黏合剂，更能牢牢地加固爱情的城堡，患难与共，才道出了最本质的爱情。有一种爱情叫奉献，有一种爱情叫给予，有一种爱情叫生死与共，我们不会以他或她的容貌为判断爱情的标准，外在的东西都会随着岁月的流逝而消失，唯有灵魂，唯有高尚的灵魂才永存不灭，显得更加纯洁。

第三辑
面临选择

　　人在成长的岁月里，会遇到各种各样的选择，在每一个人生路口你都拥有好多种选择，但你只拥有一次抉择的机会，一次就足够决定你的命运。

　　他被当作英雄般簇拥着，受到了远比冠军更隆重的礼遇。由于过于激动，人们忘了统计他的确切成绩，在奥运成绩册上只有他获得的名次：75人中的第57名，排在他之后的18位选手，都是因各种原因中途退场的。

最美垫底者

　　马拉松选手约翰·斯蒂芬·阿赫瓦里只代表祖国参加了一届奥运会——1968年墨西哥城奥运会，在全部75名参赛者中垫底。在此之前或之后，他也没有获得过任何值得一提的好成绩。在长跑高手层出不穷的非洲，约翰·斯蒂芬·阿赫瓦里可谓平淡无奇，但就是这样一位垫底者，却获得了比不少奥林匹克冠军更响亮的名声，更广泛、更深久的影响力。如今时过境迁已40多年，人们仍忘不了他，他的名字被镌刻在奥林匹克名人录上；在他的祖国坦桑尼亚，"约翰·斯蒂芬·阿赫瓦里竞技基金会"正开足马力运作着，它为那些家境贫寒但有运动潜力的田径新苗提供资助。阿赫瓦里被法国《队报》誉为"最美的垫底者"。

　　奥林匹克的宗旨不是更快、更高、更强吗？这位垫底者究竟做了些什么，竟获得如此高的荣誉？

　　1968年的墨西哥城奥运会是第一次在高原举办的夏季奥林匹克盛会，特殊的地理和气候条件让那届奥运会的田径比赛好戏连台，出现了许多空前的好成绩。相比之下，马拉松比赛的成绩太一般了，冠军得主、埃塞俄比亚人马默·沃尔德的成绩是2小时20分26秒4，比他的同胞、两届奥运金牌得主"赤脚大仙"阿贝贝·比基拉在4年前东京奥运会上创造的2小时12分11秒2差了一大截，亚军日本的君原健二和季军新西兰的迈克尔·瑞安2小时23分多的成绩更是平平无奇。记者们除了例行公事般看一眼颁奖式，最多关注一下因伤只跑了17公里便颓然倒地的"赤脚大仙"比基拉，对其他选手并未太在意。观众们也没对马拉松投注过多热情，等颁奖式结束，场地内其他项目都已比完，他们便三三两两地退场回家了。

过了一个多小时，组委会开始通知马拉松沿途的服务站开始撤离，结果得到一个让所有人都吃惊的消息：有个选手还在跑！

原来这个还在跑的选手就是阿赫瓦里。他在跑出不到5公里后因碰撞而摔倒，膝盖受伤，肩部脱臼，但他并未就此退出，而是一瘸一拐地继续向终点跑去。渐渐地，所有选手都将他远远甩在身后；渐渐地，围拢在街道两侧打气助威的人群已散尽，天色也越来越黯淡。所有人都觉得马拉松比赛已经结束，只有阿赫瓦里本人坚定地跑着，因为他觉得，自己的比赛远未结束。

又过了半小时，天色已全黑，阿赫瓦里仍在继续着。由于剧痛，他的慢跑比寻常人散步还要慢，他的膝盖不住地流淌着鲜血，嘴角也痛苦地抽搐着。

不知什么时候，他的身边出现了一名男子，《三角洲天空画报》的记者。这位记者同情地看着他，不解地问："为什么你明知毫无胜算，还要拼命跑？"

阿赫瓦里显然毫无准备，他默默地又"跑"了好一会儿，才突然坚定地答道："我的祖国把我从7000英里外送到这里，不是让我开始比赛，而是要我完成比赛。"记者被深深感动了，他不但向自己的杂志社发了稿，还立刻把稿件发回奥林匹克新闻中心，阿赫

瓦里的名言不一会儿就通过广播回荡在墨西哥城这座世界人口最多城市的上空，许多本已回家的市民纷纷赶到路边，为这位勇敢的选手助威、欢呼，在观众的鼓励下，阿赫瓦里拖着伤腿，顶着满天星星，走入了专门为他打开灯光的阿兹特克体育场，几乎是一码一码地挪到了终点线。

他被当作英雄般簇拥着，受到了远比冠军更隆重的礼遇。由于过于激动，人们忘了统计他的确切成绩，在奥运成绩册上只有他获得的名次：75人中的第57名，排在他之后的18位选手，都是因各种原因中途退场的。

阿赫瓦里1938年出生于英属坦噶尼喀，参加墨西哥城奥运时已是30岁的老将。虽然他此前并无煊赫成绩，但作为坦桑尼亚历史上首位参加奥运竞技的选手，他没有辜负国家的厚望，成为"最美的垫底者"。奥运后不久他便退役，进入坦桑尼亚奥委会工作。如今他将主要精力投注于"约翰·斯蒂芬·阿赫瓦里竞技基金会"，他希望能帮助更多的小选手，让他们在今后的奥运赛场上不再跑在他人身后。

感恩寄语

奥林匹克精神是"更快、更高、更强"，这一精神始终激励着每个运动员力争上游，激励着每届奥运会越办越好，推动着人类竞技体育不断向高层次高水平发展；体现着一种对目标的追求，体现着一种对事业的激情，体现着一种对国家、对民族、对人民的责任。这份荣誉和光彩，还体现一种引领。竞技体育水平越高，对全社会体育水平的带动力越强。高水平高层次的竞技体育，引领着全社会体育水平的提升，引领着以人为本、不断增强人民健康和人民

体质的理念。

举办运动会的最终目标是增强人民体质，无论成功与失败，只要站在这个舞台上就没有失败者。文中的阿赫瓦里将这种体育精神体现得淋漓尽致，在失败后毫无怨言，认真投入到培养年轻运动员的工作中来，这种伟大的精神值得全社会每个人的敬佩。

任何人为了个人利益而放弃了自己的原则，戴上面具，就得听从它指挥，明白吗？不可能有第三种情形！

假面具

[俄罗斯]列·纳乌莫夫

我生来就有一张死板的脸。起初，我对此一点不在意，幼稚地认为，脸不起什么特殊的作用，其他方面的素质重要得多。但是，生活很快地消除了我的错误认识。

还在读书时，我就开始发现，不是极端需要，同班同学尽量不和我交往，好像在他们面前的不是一个活生生的同龄人，而是一片真空。课堂上，老师听完我的回答，漫不经心地点点头，从来不提另外的问题，似乎急于要极大限度地缩短同我的接触。

稍晚些时候，当我成为一名大学生，我爱上了我们年级的一位姑娘，开始加紧向她献殷勤。我们的约会持续了近半年，但令人吃惊的是，她突然嫁给了另外一个小伙子，在我看来，这个小伙子同样没有什么独特之处。对于我的指责，姑娘诡辩地回答说，我和他两个惊人地相似，她痛苦了很久，不知道该偏向谁，但后来看中了我的竞争对手不落俗套的耳朵，这就决定了她的选择。

大学毕业后，我分配了工作，工作虽不怎么样，但总算是在莫斯科。我竭尽全力要出人头地，按时完成各项任务，提出一些大胆方案，但纵然是这样，也不能引起领导对我的注意。领导常常忘记我的名字，把我和另外一个人混淆在一起，看来，他们根本无视我的存在。

一次，在一个春天的夜晚，我久久地研究自己的脸蛋，醒悟到抱怨任何人都是可笑的和不公平的。我的面貌全无特征可言。在任何一个办事处都可以见到这样的面孔。

我冷静地分析了自己的研究结果，下定决心永远放弃空幻的希望和远大的理想。

但，机遇特意安排我成为另外一个样子。

一个周末的文娱晚会上，我偷听到两个有点喝醉了的男人的谈话，此番谈话从根本上改变了我的命运。"你得到了一副新面具！"一个黑发男人哈哈大笑，声音忽高忽低地说，从外表看，他是一个有知识的人，脸上显露出才气。"你还想高升吗？为什么？你刻意追求名誉地位会使你垮台的，你瞧着吧！""我不会完蛋，你别吓唬人！"另一个回答说。他傲慢，目光冷淡。"全都没错！"我出于好奇而蠢蠢欲动了。我等到谴责个人名利主义的那个人离开后，坐到有知识的人跟前，言过其实地赞扬起他的衣着、仪表、音容笑貌。他转眼间就上钩了，开始吹嘘自己在艺术界所起的作用，有哪些熟人，有带壁炉的别墅和一辆汽车，并且如何受到妇女的垂青。我又给他升了升温，但结果适得其反。他突然号啕大哭，既而哽咽着，开始低声说，他讨厌面具，戴着面具早就失去了一切，也不可能有什么，似乎已无退路了。

我格外小心地从他那儿套出尽量多的信息。他向我口授地址，原来，在离谢列兹涅夫斯基澡堂不远的一个胡同里，住着一位制作各种各样面具的手工业者。此人制作的面具如此精致和逼真，以致谁也不能够将他制作的面具与真人的面孔辨别开来。随时可以摘下面具，换用另一个面具，做这件事差不多只要一瞬间，但是，绝对

不容忘戴面具的事发生，否则，会导致彻底的失败。所有面具不同于化装舞会或戏剧用的面具，不是刻板不变的，是些能适应环境变换表情，出色地模仿出过人的才智和非同一般的美德，只是让面具的主人取悦于人。对于自己的产品，师傅不收费，但是，人们只要一得到面具并戴上它，就会有种失落感，的确，这种感觉很快就会消失。

流着眼泪和我谈话的人坦率地说出这一切之后，突然用怀疑的眼光看了我一会儿，想必有点吃惊。与一位素不相识的人怎能这样坦率地谈话。我没等到他解释，就混入众多客人中去了。

第二天早晨，我去寻找那间不平常的作坊。没费多大工夫就轻而易举地找到了它，看见在地下室的门上贴着一张黑色廉价的半成品面具。

作坊主人是一位个头不高的大胖子，像儿童读物中常见的圆面包。他很有礼貌地接待了我。"欢迎光临！"他尖声地说，"我很高兴为您效劳。您请坐！"我在一张板凳上坐下，附近放着一大堆不知名的杂物，我不知从何说起。"我了解您的困境，"师傅点点头，"我试试帮助您。我们就从就业指导开始，好吗？一生最重要的就是按意愿选择职业。从零开始永远不算晚。面具会使事情变得简单化。对现在的工作，您满意吗？""工作可没说的！"我耸耸肩，"我只是有个要求。物质上的……威望上的……高于一般水准。""您想成为心理学家吗？"他快言快语问道。"嗯——不。""做投机商人？外交家？报幕员？收买赃物者？工会基层委员会脱产主席？律师？著名女电影明星的丈夫？请您回答！""这太奇特了！"我低声含糊地说，"我的要求比较简单。""比较简单！"胖子微笑了一下，"建筑工人或矿工不需要面具。电力机车驾驶员也不需要。顺便说一下，既然不需要，我也不必为他们做什么。如果具体职业使您害怕，我可以向您提供一副卓有成就的活动家的面具。这完全不必承担什么责任，可以做愿意做的一切。""同意。"我考虑了一下，回答说。"说好啦！"他在一堆杂物中翻了一会儿，将一块软东西扔到我的膝盖上。"请你抚平料子，放在脸上。"

我按他吩咐的去做了，感到皮肤有点轻微抽搐。"好极了！"师傅笑笑，"请您拿着镜子！"我接过他递来的镜子，哎哟叫了一声。

镜子里映出一张刚毅的脸，高高的额头，一双过于自信和蛮横无礼的眼睛，一张长着两片鲜红嘴唇而富有性感的嘴和一个总是不安分的大鼻子，似乎要从空气中吸取它需要的气味。"这是什么？"我叫道，"我不喜欢！""极好的鼻子！"作坊主安慰说，"面具将会使它永远顺风。出色的事业型鼻子！有了这样的鼻子，谁也不会没有出路！"他还给我试了几个面具。那些面具同第一个相似，但是，大概它们做得不够雅致，还是别的什么原因，戴上第一个面具，我的外表看起来过于忠诚和勤勉可靠，第二个面具掩饰不住狡猾，第三个面具让人感到精力过于充沛。"不行！"作坊主坚决地挥了挥手，"对选定的角色来说，这些面具太直率。请您选用我开头建议的那个面具，是错不了的。请您不要和鼻子争论什么，特别是在工作时。它会悄悄地说该说的话。只要面具上了您的脸，鼻子就会开始独立行动。当您要过家庭生活，参加文娱晚会，野餐和其他活动时，您得使用另外一套，您在家里试戴一下，您就会弄清什么时候该戴哪种面具。一言为定吧？""我该付您多少钱？""都是一些不值钱的东西。我将换得您的个性。""我没有

个性，或者说差不多没有。""只要'差不多'我就满意了。在任何人身上都会找到一点什么。祝您在新的生涯中取得成就！请原谅，有人要来找我。""您打算拿什么做交换呢？我不愿意白白得到它。""已经够了。再见！"在回家的路上，我脸上戴着面具，感到似乎失去了某些有价值的东西，但是很快就忘掉了这一点。

我的事业进行得很顺利。我几乎得到了以前只能幻想的一切。第一个面具的鼻子完全主宰了我，我也不和它争辩，将它与其他一些非工作场合不得不戴着的面具上的鼻子同样对待。开始，我觉得有点奇怪，我想的是一件事，说的是另一件事，而做的又是别的什么了，但是，随着时间的推移，我对此已经习以为常。

有时，当我开始考虑自己的生活，怀疑在我身上占了上风，这时，我面具上的鼻子气愤得连连喘息，要求我抛弃头脑中愚蠢的想法。

然而，有一次面具的鼻子说："任何人为了个人利益而放弃了自己的原则，戴上面具，就得听从它指挥，明白吗？不可能有第三种情形！""这意味着什么？！"我吃惊地问道。"这我就一点也不知道了！"鼻子抽搐道，"是主人这么说的。我只不过是一个面具，确切地说，只是面具的一小部分。"

感恩寄语

只要给脸戴上了面具，那么我们就失去了一张真实的脸，面具的阴影就严严实实地遮挡住我们的面颊。同样，只要我们给生活戴上了面具，那么生活也是处处迷蒙灰色的，我们永远看不清脸的形状，也永远失去了生活的本来内容。既然上帝给了我们真实的脸，就永远不要给它戴上沉重的枷锁。否则，我们就会失去真实的自己。文中的"我"面貌丑陋，但是真实的自己，然而，欲望却改变了一切。本文是一篇虚构而来的故事，让我们非常清醒地认识到了人的虚伪。故事虽然虚构，可是生活中这样的事情比比皆是，人前人后两张面皮，做事表里不如一。在权势面前弯腰低头，在弱者面前昂头挺肚，从来不和别人开诚布公，把自己的真实想法深藏心中。其实，人与人之间要是能放下虚伪的面具，端起全意的真诚，生活应该是多么轻松。人生苦短，交往永恒，让我们用真诚来演绎精彩的人生。

这人如释重负似的叹了一口气，收拾起他的画笔和颜料。可就在他要走的时候，那位沉默之泉的姑娘轻盈地跑上前来喊道："等一下！我和你一起走。"

劳作者的伊甸园

[印度]泰戈尔

这个人从来不信功利。

他不干任何一件有实用的活儿，只沉溺于奇想怪念之中。他做了几件小雕塑——男人、女人、城堡，都是些到处用贝壳点缀着的古怪的泥制小玩意。他还画些画。于是乎他把自己的时间都浪费在这些没用的、没人要的东西上了。人们笑话他。有那么几次他也发誓要抛开自己的怪念头，然而它们到头来仍徘徊在他心中。

正如有些男孩子很少用功却照样通过考试，这人也出现了类似情况。他在无用的工作中度过了在人间的生活，死后天堂的大门却照样对他敞开。

即使在天堂里也是记有档案的。但是掌管这位先生档案的天使犯了个错误，他把这人送到劳作者的伊甸园去了。

在这个伊甸园里，什么都能找到，就是没有闲暇。

这儿的男人们说："上帝！我们简直没有一刻空闲。"女人们嘀咕："让我们继续干吧，时间正在飞逝。"所有的人异口同声："时间是宝贵的。""我们手里活儿不断。""我们利用每一分钟时间。"

而这位没做一件实用的事就度过了世上一生的新来者，并没有适应劳作者伊甸园里的事务安排。他心不在焉地在大街上闲荡，挡着忙人们的道。他躺在绿茵茵的草地上，或靠近湍急的溪流，被农夫呵斥一顿。他老是碍别人的事。

每天都有一个风风火火的姑娘带着水罐，到一个沉默的瀑布那儿去汲水（沉默的瀑布，是因为在劳作者伊甸园里就连瀑布也不愿为歌唱而耗费能量），这姑娘走在路上，就像一只熟练的手在吉他弦上飞速地移动。她的头发不经意地散落下来，一缕像是爱探询的头发时时披下前额，探望她眼睛里的暗暗惊奇。

懒汉正站在溪畔。如同一位公主看到一个孤独的乞丐，这位忙碌的姑娘看到他也充满怜悯之情。"喂——"她关切地喊，"你没活儿可干吗？"

这人叹道："活儿！我没有一刻是在干活儿。"

姑娘不明白他的话，说："如果你高兴，我可以分一点活儿给你。"

这人回答："沉默之泉的姑娘啊，我现在正等着从你手里得到一些活儿呢。""你喜欢干什么样的活儿？""你可以给我一只水罐。肯分一只给我吗？"

她问："水罐？你想从瀑布汲水吗？""不。我要在你的水罐上画些图画。"

姑娘恼了。"图画？我可没工夫同你这种人浪费时间。"她走了。

不过，一个大忙人对一个什么事也不干的人还能怎样呢。每天，他们都相遇，他每天都对她说："给我一只你的水罐吧，沉默之泉的姑娘。我要在那上面画画。"最后她让步了，给了他一

只水罐。他开始画起来，他画了一根又一根线条，涂了一种又一种颜色。

他完成了他的作品，姑娘拿起水罐端详起来，她的眼神是迷惑不解的。她扬起眉问："这些线条和颜色是什么意思？它们有什么用处吗？"

他笑了："没有。一幅画，它既没有含义，也不是为了什么用处。"

姑娘带着他的水罐走了。在家里，她躲开窥探的目光把水罐拿到亮光里，将它转来转去地从所有角度细看那上面的图画。夜里她摸下床点亮灯，悄悄地又细细看了一遍。在她的生活中，第一次看到了一种根本没有含义和用途的东西。

当她第二天出门去瀑布时，她那匆忙的脚步比过去稍从容了些。因为一种新的感觉，一种既无含义也无用途的感觉，似乎已经在她身上苏醒。

她看到站在瀑布边上的画家，有点慌乱。她问："你需要什么？""只不过想从你手里多得到一点活儿。""你喜欢干什么样的活儿呢？""让我为你的头发系上彩色丝带吧。""为了什么？""什么也不为。"

丝带系好了，闪着光彩。劳作者伊甸园的忙碌姑娘，如今每天要花许多时间去摆弄绕着头发的丝带了。时间一分钟一分钟溜走，没有被利用。许多活儿搁下来没干完。

这下子，劳作者伊甸园里可遭殃了，过去很积极的人现在变懒散了，他们把宝贵的时间浪费在诸如绘画、雕塑之类无用的事上。长者们焦虑不安，于是召开了会议，一致认为眼下的事态在劳作者伊甸园里，迄今为止是闻所未闻的。

这时天使匆忙赶来了。他在长者面前鞠了躬，并做了坦白："我带了一个有毛病的人到这个伊甸园来，一切都是我的错。"

这人被传了来。长者们看到他那奇异的衣着，他那古怪的画笔刷，他的那些颜料，立刻都明白了：他决不是劳作者伊甸园里该有的那种人。

长者生硬地说："这里不是你这种人待的地方，你必须离开！"

这人如释重负似的叹了一口气，收拾起他的画笔和颜料。可就在他要走的时候，那位沉默之泉的姑娘轻盈地跑上前来喊道："等一下！我和你一起走。"

长者们惊讶得喘起气来：过去在这伊甸园里，还从没出过这样的事——这样一件既无含义又无用途的事！

 感恩寄语

人们需要不停地劳动，同时也需要艺术，需要感悟生活中的美感。

一个没有任何功利欲望的人，在人世间按照自己的方式生活了一生，虽然在人们看来，他的一生都在做着无谓的劳动；到了天堂，他又阴差阳错地进了伊甸园，那里的劳动者也是每天不辞辛苦地工作着，他们没有一点空闲时间，甚至是连说话的工夫都没有，就连瀑布都是沉默无声的。这样地夜以继日地忙碌，不为别的，仅仅是为了有充足的伙食，日复一日，年复一年，生活枯燥乏味。但是，就是这个人的到来，唤醒了一个姑娘的内心，唤醒了她对生活中美的追求。这就是艺术的魅力。

许多人都为了生计而忙碌一生，没有闲暇来留意一下生活的风

景，享受人生中处处显现的风景。一组友谊，一种亲情，一片自然，一段场景，也许，只要你细心留意，都会让我们感动。不是生活缺少美，而是缺少发现美的眼睛，哲人如是说。

这就是农民，为了十几元钱愿意走40里的山路；这就是农民，得了一点帮助便想方设法报答。

卖竹筷的农民

那天上午，好端端地忽然下了一阵大雨。豆大的雨点落下来时，一位陌生的大叔躲进家来避雨。大叔手里提着一个编织袋，袋里装着一捆一捆的竹筷。大叔坐下后，我和他攀谈起来。

大叔住在离这里20里远的一个小山村，几年前，他在屋后的山坡上种了一片毛竹，现在毛竹长大了，农闲时他常砍下毛竹加工成器具卖，增加些收入。一个星期前他卖了两张竹椅，昨天他把做竹椅剩下的几节竹筒削成了筷子，今天拿出来卖。村子没有公路和外面相通，20里的山路只能靠腿走，今天早晨天蒙蒙亮他就吃了早饭赶来了。

我问："一捆筷子能卖多少钱？""一捆筷子10双，卖1块。""您这袋里有几捆？""15捆。"为了15块钱，却要来回跑40里的山路。我说："您挣这15块钱真不容易呀。"大叔笑笑："可不是。不过，15块也是钱啊，不跑连这15块都没有。"

看外面的雨短时间内没有停的意思，我叫妹妹拿出一把雨伞借给他。大叔接过雨伞，千恩万谢："多谢你们！多谢你们！放心，我下午回家时就还你们！"

雨下了一个多小时就停止了。午后，卖完筷子回家的大叔走进家来。他一只手拿着伞和卷成捆的编织袋，另一只手提着一塑料

袋苹果，说："我母亲75岁了，爱吃水果，我每次出村子来都要买些回去。"大叔放下伞和编织袋，从塑料袋里拿出4个苹果给我们，我们怎么也不接："真的不要，我们自己有，您带回家给婆婆吃。""她吃不了那么多，我今天特意多买了一些。"大叔一脸诚恳，把苹果使劲塞给妹妹。妹妹接过苹果，又装回他的塑料袋里："让婆婆多吃几个，就算我们给她吃的吧！"大叔只好作罢，说："哎，你们真是太客气了。"

妹妹去打扫房间了，大叔和我聊了一会儿后就动身回家了。傍晚，妹妹收拾茶几，发现茶几上的报纸下放着4个苹果。大叔提起苹果临走时，说要再喝杯水，走到茶几前倒水，趁机悄悄把苹果留在了茶几上。

这就是农民，为了十几元钱愿意走40里的山路；这就是农民，得了一点帮助便想方设法报答。

感恩寄语

感恩，是在寻找一种心理的稳妥。大叔是一个卖竹筷的农民，为了能卖15元钱，他需要走40多里的山路。因为天遇大雨，"我"把雨伞借给他用，其实，"我"就提供给他那么一点帮助，换了谁，都会这样做。但是，大叔却一心一意地用4个苹果作为报答。似乎，使用雨伞和4个苹果并不存在等量上的价值，或者说，如果不是大叔的厚道和朴实的话，两者怎么也是风马牛不相及的。但是，大叔的近似迂腐的固执就是想给自己的诚挚找个表达的依托。这就是感恩的内驱力。

人的情感是不能失衡的，感恩恰是这种平衡的表现形式。这种形式不但能带给自己幸福，是一种心灵的慰藉，同时，也能给别人带来愉悦。"受人滴水之恩，当以涌泉相报"，因此，生活中，我们要学会感恩，只有拥有感恩之心，才能珍惜花开花落；只有拥有感恩之心，才能发觉生活处处绚丽多彩；只有拥有感恩之心，我们才能体会到生活的真正意义。

那节课，嵌在生命深处。王老师教给我的不仅仅是知识，也赐给了我战胜不幸命运的人格力量。

没读"Lame"的一课

胡子宏

自从两岁那年一场重病夺去了我健康的左腿后，小儿麻痹症就开始成为我生活的羁绊。等终于能够靠拐杖支撑起自己的身体走路时，我又发现，身体的不适倒在其次，我一斜一歪的姿势常常引起同学们对我有意无意的歧视。

我一天天地成长起来，我的皮肤白皙，我的双眸清澈明亮，我的笑容妩媚动人。这些都是同学们说的，可对于一个女孩子来说，有什么比缺乏健全的双腿更让人痛苦的呢？我不敢穿裙子，不敢大步地走，甚至在雨天路滑时，我还要重拾早在上小学时就扔掉的拐杖。我怎么能比得上那些四肢健全的同学们呢？

好在我是一个勤奋的女孩，我的成绩在班里乃至全年级都是第一名。但这并不能消除我的自卑和别人对我的歧视。我心灵深处常常沮丧到极点，直到初二时，一节英语课改变了我几乎一生的心情……

那节课其实是很普通的一课，当时我任班里的学习委员，每篇课文我都要预习，凭自己的勤奋，我早已将老师即将讲解的新课熟读许多遍了。可是那篇课文是讲一匹骆驼——偏偏是一匹瘸骆驼，那个Lame（瘸子）的单词使我的心狂跳不已。我仿佛感到：自己高高的身躯偏偏摊上一条瘸瘸的左腿，就像瘸骆驼。我不敢想象：王老师带领全班同学读那个英语单词时，定会有许多同学把目光投向我这个"瘸骆驼"。我的心惊跳着，晚上睡觉前都淌出了痛苦的泪水⋯⋯

令我胆战心惊的英语课终于来临了。预备铃刚刚响过，王老师就来到教室，镇定地站在讲台上，未等班长喊"起立"，王老师就说："同学们，今天要讲新课。糟了，我忘记带备课本了，还有五分钟，来得及。学习委员和课代表，麻烦你们到我宿舍好吗？把我的备课本拿来⋯⋯"

我和课代表王颖出了教室，去王老师的宿舍。王老师的宿舍很乱，我们找了好大一会儿，才在一堆书本中找到了他的备课本。

在回教室的路上，我的心怦怦地跳起来。"Lame（瘸子）"，等会儿，王老师肯定要读这个单词了，那么多的同学肯定得嘲笑我。王颖拿着课本，一言不发，我们回到了教室。

王老师说了句谢谢，我们就回到座位上。我的脸火辣辣的，心狂跳不已。我记不起王老师讲了些什么，我的心在念叨着："Lame（瘸子），我是瘸子。"

王老师和同学们一遍遍地读单词，除此，教室里没有其他的声音，没有我事先想象的哄笑。我慢慢地抬起头，打量着周围的同学，大家都在专心致志地跟王老师读单词，其他什么都没发生。慢慢地，我也张开口跟王老师朗读单词了。

终于我发现，王老师没有读"Lame"，每一次他都跳过这个单词，似有意又似无意⋯⋯终于，难挨的一课结束了。王老师布置了作业，像平常一样，叮嘱我和课代表及时把同学们的作业送到他的办公室。

第二天晨读课时，我的心又开始忐忑不安，晨读课上同学们都要说英语，还会有"Lame"。可是，那天晨读课，教室里静悄悄的，同学们没有一个人读英语单词和课文，没有一个人读"Lame"……

再上英语课的时候，我常常偷偷凝视王老师，他那么英俊、高大，他还那么善良，尤其是他没有读"Lame"。从此，我的英语成绩牢牢地在年级中排在第一名，我又开始穿裙子、跳皮筋了。不仅如此，我每科成绩都更加出色，甚至，在一节体育课上，我的掷铅球成绩排到了女生的第七位……

五年后，我考上了北京那所众所周知的大学。

又过了五年，在一次同学聚会上，我和丈夫遇到了也是夫妻成双的王颖。这时，我已是一所专科学校的英语教师，丈夫高大英俊，是一家化工厂的工程师。谈笑间，我们回忆起少年往事，不由得谈到了王老师，我又想到了那个"Lame"单词。王颖说："你知道吗，那节课是王老师事先安排好的，他对我讲过，你的肢体残疾了，但关键是你的心灵也受到了打击，那个单词肯定会影响你的情绪。在我们去宿舍取备课本的十分钟里，王老师领着同学们学了'Lame'，而且共同约定领读单词时不再读'Lame'，第二天晨读时也不要读英语课文……"

啊，原来如此，我的泪水哗哗地淌出来。"Lame——Lame——"，那节课的情景在我头脑中过了个遍。命运这厮，曾一度扼杀了我的活泼，我的健康，尤其是，它也一度扼杀了我健康的奋斗精神，折断我理想的翅膀。是王老师，是那节课，那节使我终身难忘的英语课，使我在征服命运时没有跌倒，使我寻回了自信心，远离了歧视和自卑的阴影。

那节课，嵌在生命深处。王老师教给我的不仅仅是知识，也赐给了我战胜不幸命运的人格力量。

感恩寄语

我们每个人从生命开始孕育那一刻起，就有一位专属天使在身边。在他不小心打盹儿，一不留神没拉住你的时候，千万不要怪罪于他，因为他为了弥补自己的过错，会在你以后更长的人生道路上给你有力的支撑。

我们不敢确定王老师就是那位天使，但是他就像天使的化身，把一个胆怯的灵魂幻化成美丽的精灵，让她在多彩的人生中翩翩起舞，舞动出绚丽的光芒，带给她一段从残缺到完美的旅程。

完美源自爱，因为有爱，我们的生活才如此动人、美好。

人生有许多缺憾，文章中的"我"就是一个从小患有小儿麻痹导致腿有残疾的孩子，虽然"我"勤奋好学，虽然"我"长得也很漂亮，但是内心的自卑就像是一块顽石，固执地生长在"我"敏感的心灵里，但是一节英语课改变了"我"的心态，让"我"一生心存感激。英语老师好像能够洞察"我"内心的一切，多少年后，"我"才知道那是他在上课时故意把"我"支开，不让"我"脆弱的心灵受到伤害。从此，英语老师在"我"心中不但高大英俊，更心地善良，是他善解人意的举动，给了"我"健全的人格，让"我"的精神康复，让"我"受伤的理想重新飞翔。就像作者说的那样："使我在征服命运时没有跌倒，使我寻回了自信心，远离了歧视和自卑的阴影。"

生活中我们时常会遇到这样的情况，一个残疾人走在大街上，我不敢确定每个人都投去好奇的目光，但是，大多数的人都会有猎

奇的心态，有的看一眼赶紧把目光移开，有的人就不礼貌，眼睛盯住，往死里瞅。其实，我们大可装着看不见，给他或她的缺憾做一件华丽的外衣，生活便会美不胜收。

　　不要让生活因为你的不负责任而白白流逝。要记住，你所有的岁月最终都会过去的，只有做出正确的选择，你才配说你已经活过了这些岁月。

面临选择

[美国] J. Couden　唐润华　译

　　当我告诉我在绘画讲习班的老师，秋天我可能要去上艺术学校时，他只说了一句话："不管怎么样，下一个五年都要过去。"

　　这是什么意思呢？我不解地思索着，觉得我希望得到的鼓励成了泡影。那天晚上，灵感突然在我的脑子里闪现，我顿时明白了。不管怎样下一个五年都要过去的；不管我做了什么，或什么也没做。在这五年结束的时候，我回首自己走过的路，可能说："我上了艺术学校，现在我比那时长进了五年。"也可能说："因为我当时没上艺术学校，现在我还是原来的样子，这些年我干了些什么呢？"

　　现在，每当我面临做或不做的选择时，我就对自己说，不管怎么样下一个五年都要过去的。这句话以神奇的方式使我做出明智的选择。

　　但是，如果不是在做或不做之间，而是在做这些还是做那些之间做出选择，那该怎么办呢？当我意识到要付上艺术学校的学费，我就得花掉我长期存下来买睡椅的钱时，就碰到了这样的问题。我与当地一个工匠达成了协议：我替他妻子画一幅肖像；与此相交

换，他给我提供一份修整室内装潢的工作。"当二者都定不下时，二者都干。"一个熟人对这种情况说了一句似是而非的妙语。当我问她是去新英格兰还是去宾夕法尼亚看秋色时，她就用这句话回答了我，当时使我莫名其妙。当我们拿出地图一看，发现从纽约往北去新英格兰，然后经宾夕法尼亚绕回来是完全可行的，而且一路都旅行在万紫千红的叶丛中。

不久，我发现自己在所有的情况下都使用这句话。我是去乡下度周末还是应邀参加城里的一个星期日午餐会呢？当二者都定不下时，二者都干。去乡下，但早些回来。我是把书念完还是去找一个工作呢？继续上学，同时也工作。这句格言的深刻含义在于：它提醒我们，在大多数情况下，我们可以把两种选择都付诸实践，这样远比只选择一种而放弃另一种要好。

你有时是否觉得什么选择也没有？无稽之谈！你总会有选择的。你不过认为你可以做的只有一件事——这件事也几乎总是别人想做的。当你觉得束手无策时，换一个地方挖一个洞，从一个不同的角度来看问题。

一个年轻女人和她丈夫有一个小孩，她新寡的母亲想来跟他们一起生活。开始，女儿觉得自己不能不同意，否则太冷酷了。女儿是以旧的、惯常的方式思考的——即作为她母亲的孩子来思考的——这样就得出了旧的、惯常的答案，也就是说她不得不顺从她母亲的意愿。墨守成规往往要比铤而走险更方便。

但女儿后来又从一个成年人的角度看问题。她现在有了自己的生活，她估计她和母亲在管教孩子的问题上一定会有分歧。她知道她丈夫会因为岳母总待在自己家里而不愉快。于是她说了"不"，亲切但坚定地告诉母亲，对她来说，加入一个新家庭是不明智的。

在这个年轻女人的头脑深处隐藏着一种担忧，她害怕母亲会死去。她对自己的选择没有把握。但最后她母亲搬到了佛罗里达，在那儿交上了新朋友，并且又结了婚。你可以思考了又思考，权衡了再权衡，但你很少能精确地预测到你所做出的任何决定的结局。发生的一切通常都是不可预料的。你必须自己思考，并付诸行动。即便做出的决定未能如愿以偿，但采取行动能够增加采取更多行动的可能性；而什么也不做只能增加下一次有所选择的可能性，到时候你肯定又会随波逐流的。

随波逐流是轻松的，尤其在面临的选择是转入逆水行舟时，它可能是很有诱惑力的。可爱的斯堪的那维亚作家依莎卡·迪尼森动了手术在康复中。她会坚持写完她当时正在写的书吗？她只能平直着仰卧在地板上，通过向秘书口授写作。迪尼森真的完成了她的著作，在那之后她又写了一本。她说，经验告诉她："当你从事一项伟大而艰巨的工作时，有些事情看起来几乎是不可能的。但如果你每次干一点，每天干一点，突然这项工作自己就完成了。"

那些成功者，那些做出充满艰险的决定而又持之以恒的人是怎么干的呢？最有说服力的是他们向自己提出的问题：可能发生的最坏的事情是什么？

当我问一个人怎么有勇气离开他在纽约市一家公司那舒适的职位，而到新罕布什尔经营自己的小生意时，他回答的是一系列自问："我希望开始我自己的生意。那样可能发生的最坏的事情是什么呢？我可能失败，可能倾家荡产。如果我倾家荡产，可能发生的最坏的事情是什么呢？我将不得不干任何我能得到的工作。那样可能发生的最坏的事情是什么呢？我又会厌恶这种工作，因为我不喜欢受雇于别人。于是，我会再找一条路子去经营我自己的生意。然

后呢？第二次我将会获得成功，因为我知道如何避免失败了。"

对你的生活负责，就要尊重自己的意志。

一个80岁的朋友为了待在她的住处还是进疗养院而思虑再三。她的年龄是个事实。她每况愈下的健康也是个事实。权衡这些事实，选择安全的疗养院，该是多么明智。然而令人称绝的是，她没有理会这些事实，留在了原来的地方，一直到现在。她已经86岁了，并不需要朋友们很多的帮助，她自如地应付着一切，幸福地过着愉快的独立生活。

另一个老朋友则做出了相反的选择，她说："我累了。我现在需要照顾了。"她的要求得到了满足。她被供养起来，被放在床上，被挪来挪去。她现在对此厌恶了。做出选择时一定要慎重——否则你可能会自食其果的。

艰苦的选择，如同艰苦的实践一样，会使你全力以赴，会使你更有力量。躲避和随波逐流是很有诱惑力的，但有一天回首往事，你可能意识到：随波逐流也是一种选择——但决不是最好的一种。

你的生活不是试跑，也不是正式比赛前的准备运动。生活就是生活。不要让生活因为你的不负责任而白白流逝。要记住，你所有的岁月最终都会过去的，只有做出正确的选择，你才配说你已经活过了这些岁月。

感恩寄语

当"我"想去艺术学校学习时，"我"的老师送"我"一句话："不管怎样，下一个五年都要过去。"这句话让"我"受益匪浅，所以，后来每当"我"面临抉择时，这句话都能让"我"做出明智的选择。当女儿的生活要面临着母亲的加入时，她非常明智地做出了不让母亲加入的选择，使得母亲获得了另外一种幸福生活。当在舒适的工作和独自冒险经商两者之间进行选择时，"我"也是权衡左右，做出了自己内心渴望的选择。

人在成长的岁月里，会遇到各种各样的选择，在每一个人生路口你都拥有好多种选择，但你只有一次抉择的机会，一次就足以决定你的命运。因此，我们需要处处小心，否则，可能会造成一步走错，步步皆输的后果。但是，即使这样，我们也不能害怕，要根据心中的意愿勇敢地做出选择；我们更不能逃避，因为机遇就隐藏在你的每一次选择中，你选择了不一定就能成功，但不选择，你一定不会成功。

> 她声音轻轻的，一下向这个人、一下向那个人道谢，一直谢到找回最后一颗珠子才停。

母亲的珠链断了

[英国]马丁·撒克思·约翰

父亲死后，我们有时很缺钱用。有一次母亲为补贴家用而接受了陪伴一位老太太的职务。母亲长于朗诵，她和富裕而患有风湿病的艾芬汉夫人相处得很好。

艾芬汉夫人患了风湿病，终于不得不到一位纽约的医生那里去求医。母亲已有多年未去纽约，因此，当艾芬汉夫人要她陪同前往，并说她们要在豪华的广场旅馆逗留一个星期时，母亲无比兴奋。

她把这个消息告诉我的时候，脸上忽然有了忧愁的阴影。"我没有想到衣服，我究竟有什么衣服可穿啊？"她喘着粗气，若有所思地说，"不过如果我有一件黑衣服，配上那串珍珠，就完全可以见人了。"

我曾给过妈妈一串珍珠——一串花了三元九角八分钱买来的很好的珠子。从那时起，她总在说要买一件十分相称的黑衣服，好来佩戴这串珍珠。于是我们去了所罗门先生的店铺。很凑巧，他拿出了一件黑色衣服，看上去就像是专门为那串珠子而做的。穿在身上温文娴雅，使人想到在广场旅馆喝下午茶的意味，于是我便非常高兴地买了它。

一直到母亲从纽约平安回来以后，我才知道她和那串珍珠的特殊经历。

一天晚上，母亲和艾芬汉夫人吃过晚饭，走过广场旅馆的大厅时，那串珠子突然断了。

"哎呀！我的珍珠！"母亲一声惊呼。顷刻之间一阵轰动，有一个殷勤有礼的美国海军军官跑来帮忙，动手就捡珠子。

不料旅馆侍者的领班来了，断然把那个海军中校推开。"先生，对不起。在侦探主任未来以前，我得为此事负责。请大家避开一点，好让我们在这位太太周围画个圈，不让一颗珍珠失落。"

"噢，谢谢你！"母亲说。旅馆侍者对她这样殷勤，她实在很高兴。她声音轻轻的，一下向这个人、一下向那个人道谢，一直谢到找回最后一颗珠子才停。

"太太，您是否要我把这些珍珠封进一个信封，放在旅馆的保险箱里，到了您要把它串好的时候，再交给您？"侦探主任问她。

"那太好了！"母亲说，并心满意足地在柜子前面等候收据。

翌日，母亲上街散步，停在一家华丽首饰店的橱窗前观看。她忽然想起这正好是重新串起珠子的地方。这一定是命运替她安排的，使她刚好来到此地。

她走进店里，一个身穿燕尾服、高个子的男人迎上来接待她。"我有一串珍珠散了，你们能在一两天以内把它串好吗？"母亲问道，"我是从外地来的，如果可能，我想越快越好。"

那个男人非常谦恭有礼。"我去问问看。"他说，"夫人，您把珍珠带来了吗？"

"没有带来。"母亲说，"我把珍珠放在广场旅馆的保险箱里了。"

那个男人拿起电话，和另外一个部门客客气气地通过话，对母亲说："如果夫人没有另外的公干，我们的德韦特先生今天下午可以到广场旅馆把珍珠取来。我们盼望您跟德韦特先生带着珍珠一同来这里，亲眼看我们串珠。"

人家对她如此殷勤，母亲有些飘飘然。大家对她的珍珠这样重视，多叫人高兴啊！

"我真想亲眼看看！"她感激地说，"我的珍珠是我最珍贵的东西。"

"的确是的。"那位高个子男人说，"3点钟好吗？"

德韦特先生到达广场旅馆时，依然密封着的那串珠子已经在母亲的手袋里。德韦特先生是一个风度翩翩的男人，看起来像一个美国的参议员，母亲和他一起穿过大厅时，觉得自己成了别人羡慕的目标。当她乘着为她准备的华贵轿车回到那家首饰店时，她自己也感到确实很新奇。

到了首饰店，德韦特先生引导母亲穿过陈列着钻石的柜台行列，穿过放纯银器和上等玻璃器皿的地方，走到最里面一个设备精美的房间。母亲在一张台子旁边坐下，在她面前铺了一块厚厚的黑丝绒台布。

"串珠子的是我们的杜勃莱先生，马上就来。"德韦特先生说。

杜勃莱先生是一个矮小的法国人，尖尖的脸孔，上唇留着一撮别致的胡子，不久就恭敬地进了房间。他坐下以后，在台上放了一盘工具，把丝绒磨平，伸手去拿广场旅馆的封套。大家看着他用纤细的手指小心翼翼地把封套打开，让珠子滚出来。他刚要戴上眼镜时，突然愣住了，手在颤动，犹豫了一下，然后匆匆忙忙把眼镜戴好。他仔仔细细、目不转睛地看着那些珠子，突然嘶嘶地吸了一口气。"夫人的珠子给人偷了！"他喊叫着，"快点把警察叫来。这些可不是珍珠。"母亲眨了眨眼睛。"噢，我相信不会的！"她说，"广场旅馆的每一个人都那么好——我——我不相信他们会做这种事！"

接着，她俯下身去仔细看那些珠子。"没有，"她透了一口气说，"这些正是我的珍珠，没有错，我清清楚楚认识那个合扣，它是用金子和钻石做的鸢尾花式——当然不是真的钻石，不过这个合扣非常别致，你说不是吗？"

母亲望望杜勃莱先生，又转过脸望望德韦特先生。德韦特先生满脸通红，看上去就像脑充血的样子。那个矮小的法国人则面色灰白，紧紧抓住椅子的扶手，张开了嘴巴，可是没有说出话来。"有什么不对吗？"母亲惊讶地问。

最先恢复说话本能的是德韦特先生。他说："夫人，您现在坐在世界上最有地位的珠宝商的密室里，阿加罕曾经坐过您坐的这张椅子，看我们给他那些无价的翡翠设计新的图样；英国皇太子曾携着他传家的宝石走进这个房间来，讨论怎样重新镶嵌。尽管如此，我们也没有太自负而不愿替美国公民重串珍珠。可是，夫人，我们可不穿只值几毛钱的假珠子！"

母亲正襟危坐。"我认为你十分无礼，"她以冷峻的口吻说，"这绝对不是价值几毛钱的珠子。这些珍珠是我女儿送给我的。我从来没有问过价钱——这种事情我敢说你完全不能了解——但是我知道这些珍珠虽然不是真的珍珠，却是好的珍珠。如果你不愿意重串，尽可以拒绝，可是你的态度太没有礼貌了。"

母亲的话说完时，德韦特先生已经恢复了镇定，站起身来。

"夫人说得对。"他说时,恢复了像参议员的风度,"错在我们。请您原谅我的失礼。就只因为我在这里工作了这么多年——不过不提这个也罢!是我们错了。杜勃莱,立刻动手重串夫人的珍珠。"

"噢,真是多谢你了!"母亲脸上又露出了笑容。

"而且我们不收您的费用!"德韦特先生又加了一句,一脸痛苦的表情,但那却是豪爽地忍痛的表情。

真情,比真正的珠宝还要珍贵。在母亲的眼里,它胜过世界上任何的珠宝。

世界上任何一位母亲在给儿女付出时,从未想到要回报什么。所以当儿女的给母亲礼物后,即使是一件不起眼的不值钱的东西,她都会倍加珍惜。文中的"我"没有太多的钱,只给母亲花了三元九角八分钱,买来一条很好的珠子项链。但母亲欣喜无比,为此,还买了一件十分相称的黑衣服,好来佩戴这串珍珠。可是有一天,母亲陪同艾芬汉夫人到纽约看病,在广场时,那串珠子项链突然断了。于是,她将珠子送到一家世界知名的珠宝店去重新串起。当时,串珠子的人发现珠子是假的,拒绝串珠。但是,在母亲眼里,儿女送的珠子胜过世界上最昂贵的珠宝。母亲义正词严的辩论,感动了珠宝行里的人,他们免费给她串起了项链。母亲珍惜的不是项链本身,而是女儿对自己的心意。母亲那颗不求索取之心,能够体会到儿女的微小心意。

第四辑
让善念在人间传递

　　每个人都生活在一定的团体中，需要承担一定的责任并履行相应的义务，对于一种工作，看似是为了自己，其实也是为了他人，人人为我，我为人人，构成了相互的责任承担。

一个国家的财富有很多，但什么是最珍贵的呢？埃塞俄比亚的国王给我们上了很好的一课：泥土是一个国家最珍贵的最神圣的东西，珍惜、捍卫脚底下的每一寸土地就是最完整的爱国表现。

泥土最珍贵

两个欧洲人来到非洲的埃塞俄比亚，他们四处奔走测量，绘制地图。埃塞俄比亚国王知道后，就派了一个向导去帮助他们。

欧洲人的测绘工作结束了，向导回去向国王报告："陛下，欧洲人把见到的一切都画在地图上了，他们到过尼罗河的发祥地塔那湖，把矿产、河流、森林都记了下来。"

国王对欧洲人的意图考虑了很久，于是决定接见两位欧洲人。

欧洲人来到皇宫，国王亲自接见并宴请了他们，赠送给他们贵重的礼物，最后派人送欧洲人上船回国。欧洲人到了河边，正要上船时，送行的埃塞俄比亚人要他们脱下鞋子。欧洲人脱下了鞋子，送行的人仔细地抖了抖鞋子，还刮掉了鞋底的土，然后才把鞋子还给欧洲人。

"你们这是什么意思？"欧洲人问。

送行人回答："国王要我们祝你们一路平安，还要我转告你们：你们来自遥远的强国，亲眼看到了我们美丽富饶的土地，她是世界上最美丽的国家，她的泥土是我们最为珍惜的。我们在泥土里播种，埋葬死者；我们干活累了就在泥土上休息，我们在草地上放牧牲口。你们翻山越岭，穿森林，过草地，所走过的路都有我们的脚印，泥土就是我们的父母、亲兄妹。我们款待了你们，赠给了你们贵重的礼物，但是泥土是我们最珍贵最神圣的东西，我们不能给你们，一粒也不给！"

一个国家的财富有很多，但什么是最珍贵的呢？埃塞俄比亚的国王给我们上了很好的一课：泥土是一个国家最珍贵的最神圣的东西，珍惜、捍卫脚底下的每一寸土地就是最完整的爱国表现。

 **感恩寄语**

祖国是我们的根，是我们的源。没有祖国，就没有我们的安栖之所；没有祖国，就没有我们做人的尊严；没有祖国，就没有我们所拥有的一切。对一个国家、对整个社会都是如此。所以，我们一定要热爱自己的祖国。

他说他进入中学以后，因为家境非常不好，不仅没有钱补习，有时连学杂费和营养午餐费用都交不起。他知道他绝对考不上公立中学，也绝对念不起私立高中，只好放弃升学了。

那一年，面包飘香

我一直很喜欢吃面包，清大门口有好几家面包店，我每家都去过，哪一家有哪一种好吃的面包，我都知道。

最近几个月来，有不知名的人送面包给我。送的人是一位年轻人，我住的公寓管理员问他是谁，他不肯说，他说他的老板是李老师的忠实读者，听说李老师喜欢吃面包，所以就送来了。这些面包果真高级，我到全台湾各个面包店去找，都没有找到这种面包。

我回家，看到那一位年轻人正要离开，我偷偷地尾随其后，居然找到了那家面包店。

进了门，迎面就是扑鼻而来的法国面包的香味。大师傅注意到了我。他问我是不是李老师，我说是的，他说老板关照，如果李老师来，就要接受特别照顾。

我坐在小圆桌旁边，看到外面一棵树的影子，正好斜斜地洒在窗子上，这扇窗是有格子的那种，窗帘是瑞士白纱，看来这家店的老板很有品位。

大师傅拿了一个银盘子进来了，原来他准备了一套下午茶来招待我。大师傅陪我一起享用，因为这些食物才出炉，吃起来当然是满口留香，但是大师傅说，还有更精彩的在后面。精彩的是什么呢？是一种烤过的薄饼，卷起来的，里面有馅，我一口咬下去，发现薄饼里有馅的汁进去了，馅已经很好吃，因为馅汁进入了薄饼里，饼本身也好吃得不得了。

当我在又吃又喝的时候，我听到外面人声嘈杂，原来大批食客也在享用每天出炉一次的烤卷饼。

大师傅告诉他们，每天只出炉一次，现烤现卖，也不外带，因为这种饼凉了就不好吃了，每人只能买两块，但是老板免费招待咖啡或红茶。我都不敢问价钱，我想凡是免费招待茶或咖啡的食物，一定不会便宜。我看了一下这些食客，都是新竹科学园区工程师样子的人。有一位还告诉别人，他吃了以后要赶回去加班。这些食客也很合作，吃了以后自动将店里恢复得干干净净。

我对这家店的老板感到十分好奇，就问大师傅能不能见到他。大师傅说他一定会来，叫我在一张沙发上休息一下，他去找老板来。

老板还没有来，却来了一个小伙子，他拿了一个大信封进来，说老板要我看一下。我拆开信封，里面全是算数的考卷，考的全是心算的题目，比方说 15×19，答案就写在后面，学生不可以经过一般的乘法过程，而必须经由心算，直接算出答案来。

我想起来了，十年前，我教过一个小学生，每一次教完了，他都要做心算习题。一开始他不太厉害，后来越来越厉害，数学成绩也一直保持在95分左右。可惜的是，他小学毕业以后，就离开了新竹，我再也教不到他了。他家境十分不好，我也陆陆续续地听到他不用功念书的消息。我虽然心急如焚，但鞭长莫及，毫无办法。

我曾经去看过他一次，还请他到一家饭馆去饱餐了一顿，那时他读初一下学期。我劝他好好念书，至少不可以抽烟，不可以打架，不可以喝酒，不可以嚼槟榔，他都点点头。说实话，我只记得

他当时叛逆得很厉害，一副对我不理不睬的模样。这个孩子后来没有升学，我听到消息以后，曾经写过一封信给他，第一劝他无论如何不要去KTV做事；第二劝他一定要学一种技术，这样将来才能在社会立足。我虽然又写了好几封信给他，他却都没回。

就在我回忆往事的时候，老板走进来了，原来一进门时看到的大师傅就是老板，也就是我当年教过的学生。他说他进入中学以后，因为家境非常不好，不仅没有钱补习，有时连学杂费和营养午餐费用都交不起。他知道他绝对考不上公立中学，也绝对念不起私立高中，只好放弃升学了。

他很坦白地告诉我，他是很想念书的，但是家境不好，使他无法安心念书。有一次，他跑进清大去玩，看见那些大学生，心里好生羡慕，回家梦见自己成了大学生，醒来大哭一场。

就在这个时候，他收到我的信，他以为我会责备他放弃升学的，没有想到我一句责备的话都没有，我只是鼓励他要有一技之长。他想起我曾带他去一家饭馆吃饭，吃完以后在架子上买了一大批面包送他，他到现在还记得那批面包有多好吃。

初中还没有毕业，他就跑去那家餐厅找工作。也是运气好，他一下子就找到工作了。从此以后，他就一心一意地学做面包。两年前，他自己创业，开了这家面包店。

我的学生虽然从来没有回过我的信，却始终对我未能忘情。我当年劝他要学得一技随身，他现在岂止一技随身，他应该是绝技随身了。

在我要离开以前，我又考了他几道心算的题目，他都答对了。他送我上车的时候问我："李老师，你有好多博士学生，我可只有初中毕业，你肯不肯承认我也是你的学生呢？"我告诉他，他当然

是我的学生，而且将永远是我的得意高徒，我只担心他不把我当老师，毕竟我只是他的家教老师而已。

他知道我将他看成我的学生，露出一脸灿烂的笑容。这个笑容带给了我无比的温暖。我其实什么也没有教他，只教了他两件事，"不要学坏，总要有一技随身"，没有想到这两句话如此有用。

感恩寄语

"不要学坏，总要有一技随身"，"我"仅仅是在十年前对"我"将要辍学的学生说过这两句话，不曾想到，会影响了他的一生。这个学生不过是"我"当家教的时候教过的，那时，他家里并不富裕，成绩不是很好，公立学校是考不上的，也绝对没钱去读私立学校，所以到后来就辍学了。"我"对他的不读书很惋惜，写了几封信劝勉他，要他选择好人生的道路，至少不要学坏，要学得一项立业的本领。一度尘封的记忆没有了痕迹，不承想，十年过后，被片片飘香的面包重新勾起。好像一个人在行路时，不经意地撒下了一粒种子，若干年后，在经过的地方却出现了一棵参天大树，喜悦自不必说，但惊讶是无法表达的。

人处于困境时，是极容易被感动的，雪中送炭，让人感到倍加温暖，"我"只不过写了几封信给他，请他吃了份所谓的大餐，但他却将这份鼓励深深地记在心里，当作一盏指路的明灯，从无法读书的苦闷中勇敢地站起来，用心用力，学得一技之长，找到了自己人生的航向。十年后，他不忘将这份沉甸甸的礼物送给曾经鼓励过自己的老师，感恩的心，如那一片片刚出炉的面包，远远飘香。

莫惋惜已经失去的东西，莫相信不可能存在的事情。

鸟与人

[埃及]陶菲格·哈基姆　杨言洪　译

小鸟问它父亲："世上最高级的生灵是什么？是我们鸟类吗？"

老鸟答道："不，是人类。"

小鸟又问："人类是什么样的生灵？"

"人类……就是那些常向我们巢中投掷石块的生灵。"

小鸟恍然大悟："啊，我知道啦……可是，人类优于我们吗？他们比我们生活得幸福吗？"

"他们或许优于我们，却远不如我们生活得幸福！"

"为什么他们不如我们幸福？"小鸟不解地问父亲。

老鸟答道："因为在人类心中生长着一根刺，这根刺无时不在刺痛和折磨着他们，他们自己为这根刺起了个名字，管它叫作贪婪。"

小鸟又问："贪婪？贪婪是什么意思？爸爸，您知道吗？"

"不错，因为我了解人类，也见识过他们内心那根贪婪之刺，你也想亲眼见识吗？"

"是的，爸爸，我想亲眼见识见识。"

"这很容易，若看见有人走过来，赶快告诉我，我让你见识一下人类内心的那根贪婪之刺。"

少顷，小鸟便叫了起来："爸爸，有个人走过来啦！"

老鸟对小鸟说："听我说，孩子。待会儿我要自投罗网，主动落到他手中，你可以看到一场好戏。"

小鸟不由得十分担心，说："如果您受到什么伤害……"

老鸟安慰它说："莫担心，孩子，我了解人类的贪婪，我晓得怎样从他们手中逃脱。"

说罢，老鸟飞离小鸟，落在来人身边，那人伸手便抓住了它，乐不可支地叫道："我要把你宰掉，吃你的肉！"

老鸟说道："我的肉这么少，够填饱你的肚子吗？"

那人说："肉虽然少，却鲜美可口！"

老鸟说："我可以送你远比我的肉更有用的东西，那是三句至理名言，假如你学到手，便会发大财！"

那人急不可耐："快告诉我，这三句名言是什么？"

老鸟眼中闪过一丝狡黠的目光，款款说道："我可以告诉你，但是有条件：我在你手中时，先告诉你第一句名言；待你放开我，我便告诉你第二句名言；等我飞到树上之后，才会告诉你第三句名言。"

那人一心想尽快得到三句名言，好去发大财，便马上答道："我接受你的条件，快告诉我第一句名言吧！"

老鸟不疾不徐地说道："这第一句名言，便是：莫惋惜已经失去的东西！根据我们的条件，现在请你放开我。"

于是那人便松手放开了它。老鸟落到离他不远的地面上继续说道："这第二句名言便是：莫相信不可能存在的事情！"

说罢，它边叫着边振翅飞上树梢："你真是个大傻瓜，如果刚才把我宰掉，你便会从我腹中取出一颗重量达30米斯卡勒价值连城

的大钻石。"

那人闻听，懊悔不已，把嘴唇都咬出了血。

他望着树上的鸟，仍惦记着他们方才谈妥的条件，便又说道："请你快把第三句名言告诉我！"

狡猾的老鸟讥笑他说："贪婪的人啊，你的贪婪之心遮住了你的双眼。既然你忘记了前两句名言，告诉你第三句又有何益？难道我没告诉你'莫惋惜已经失去的东西，莫相信不可能存在的事情'吗？你想想看，我浑身的骨肉羽翅加起来不足20米斯卡勒，腹中怎会有一颗重量超过30米斯卡勒的大宝石呢？"

那人闻听此言，顿时目瞪口呆，好不尴尬，脸上的表情煞是可笑……

一只鸟就这样耍弄了一个人。

老鸟回望着小鸟说："孩子，你现在可亲眼见识过了？"

小鸟答道："是的，我真的见识过了，可这个人怎会相信在您腹中有一颗超过您体重的宝石，怎么相信这种根本不可能存在的事情呢？"

老鸟回答说："贪婪所致，孩子，这就是人类的贪婪本性！"

 感恩寄语

贪婪是长在人类心灵里的一根刺，时时刻刻让人类做出愚蠢的行为。

人和鸟斗智，却因为贪婪一败涂地。一只老鸟为了让自己的孩子彻底认清人类的贪婪，亲自和人演绎了一场好戏，自己故意让人抓住，利用人贪婪的本性，设计了一个圈套，结果，它成功地从人的手中逃脱，并给人类提出自己的忠告。可是，贪婪已经遮蔽了人

类的眼睛，使他一步步走向失败的路上。莫惋惜已经失去的东西！莫相信不可能存在的事情！不要贪婪不止。在当今物欲横流的社会，一个人不可能占尽世界上所有的财富，太贪婪的人，只要有一个愿望实现不了，就会痛苦不已。长在人类心灵里的毒刺不仅仅是贪婪，还有其他的嫉妒之刺、自私之刺等等。常言说得好："知足者常乐。"甩掉这些负担，人才能活得轻松自在。这也是人类应该拥有的大智慧。

只当全世界都抛弃了自己，却原来，还有一个人深深地记挂着自己，并没有因为落魄而嫌弃自己，有这样的朋友，还能说什么呢？

朋友是用来麻烦的

两年前，因为操作失误，他苦心经营了3年多的小公司破产了。一夜之间，他不仅成了一个一文不名的穷光蛋，而且还欠了一屁股债，被人追得到处跑。家是不能回的，思来想去，唯有去省城的一个朋友那儿躲一躲。

他和他的朋友是发小，从小一起长大，关系当然是没得说！小时候，有一次去海边玩，朋友不小心掉进水里，是他喊人把他救上来的，这种交情应该算深厚了吧！

可是下了火车，他又有些犹豫了，多年没见，朋友还是原来的朋友吗？记得朋友结婚的时候，他去参加婚礼，朋友娶了一个娇滴滴的女人，她会不会嫌弃自己呢？

一念至此，他把口袋里仅有的钱翻出来数了一数，在火车站找了一间最便宜的小旅馆住下。心想，住几天算几天吧！

就在他心灰意冷的时候，想不到朋友找来了。朋友一身的尘土和倦意，生气地数落他："你真不够哥们，来省城也不找我，还得我到处找你，要不是你妈偷偷地打电话给我，我还不知道呢！"他低着头瞅着脚尖，小声地嘟囔着："还不是怕给你添麻烦吗？你看我现在，又脏，又穷，又臭，恐怕连狗都不如了。"

朋友在他的胸口擂了一拳："你还是那个倔脾气，朋友就是用来麻烦的，你不麻烦我，我才生气呢！"

那一刻，他千言万语噎在喉咙里，一句话都说不出来。只当全世界都抛弃了自己，却原来，还有一个人深深地记挂着自己，并没有因为落魄而嫌弃自己，有这样的朋友，还能说什么呢？他只得乖乖地收拾行李跟着朋友去他家。

朋友的妻子给他收拾了一间明亮宽敞的屋子，为他准备了可口的饭菜，还叮嘱他千万不要客气，当成自己家一样。他洗了澡，换了衣服，美美地睡了一觉。

之后，他调整好心态，到银行贷了款，抓住机遇，终于东山再起，不但还清了贷款，还有了安定的生活。

"朋友是用来麻烦的。"每当想起这句话，他心中便会温暖如春。后来，他总是用这句话来鞭策自己，去尽力帮助那些需要帮助的朋友。

感恩寄语

年轻时，当我们有沉重的心事而无法与父母沟通的时候，首先想到的是朋友。当我们收获成功的喜悦时，首先要通过各种方式让朋友知道，一起来分享快乐，让他们和我们一起欢呼雀跃。当我们处于困境的时候，除了亲人，最先伸出援助之手的一定是朋友；当我们远行，前来送别并叮嘱我们路上要小心、照顾好自己，到时来个平安电话的一定也是朋友……

人生的路上，朋友能够伴随我们一起走过风雨，一起欣赏彩虹，一起悲伤，一起高兴。"朋友是用来麻烦的"，道出了朋友的

实质。台湾歌星周华健的歌曲中有这么一句话："朋友一生一起走，那些日子不会有，一句话，一辈子，一生情，一杯酒。"朋友像酒，酝酿着一生一世的情，浓厚而绵长。

所以说，那家餐馆是我那些朋友的家。一些民工走了，另一些民工又来了，说是某某介绍他们来的，告诉他们这里的老板绝对是个好人，不会占他们的便宜。

平民的餐馆

老贾是做餐饮业的，在本城很有名气。他的名气不是因为他的资产在业界数一数二，也不是因为他的菜品有多么出色。

老贾的出名另有原因。

老贾有三家店。一家经营中餐，一家经营火锅，还有一家称为平民餐馆，这家平民餐馆其实是一家民工餐馆。老贾是这样经营的：早餐是馒头与稀饭，馒头两毛钱一个，稀饭不要钱。中餐与晚餐，店里最贵的菜是红烧肉与腌菜烧白，每份3块，其他的菜都是1块、8毛和5毛，米饭不要钱。一到开饭时间，不但店里挤满了附近做工的民工，就是店外也站满了端着饭碗的人。嘴馋的和舍得掏钱的，要一份烧白，就着白花花的肥肉片，一个小伙子可以吃5大碗米饭；节俭惯了的，买一份5毛钱的醋熘白菜，白米饭也可以吞下两大碗……不用看账本，外行人也知道这饭店肯定亏本。虽然亏本，老贾却仍将饭店开下去。有人问他为啥亏本还要开，老贾说："我关了门，这些民工到哪儿吃饭？"

今年春节期间在朋友们的聚会上，酒足饭饱，大家商量到什么地方去喝茶，老贾却吩咐服务员把桌上的菜全部打包。带饭菜已不是什么稀奇事，可老贾的包也打得太彻底了：汤里的鸡翅要捞起来，一只虾也要装进食品袋……大家先是笑，后来就开始调侃他。老贾不吱

声，把所有的菜打好包放在自己面前后，说："这么多东西丢了真的可惜，都是劳动换来的呀。"笑声更大了。老贾不笑，认真地说："我以前也不这样，是那些到我餐馆吃饭的民工给我上了一课……"

老贾说，他当初就是靠那家平民餐馆起家的。为了吸引顾客，当时他提出了菜价最高3块的经营方针。那时米不怎么贵，靠着卖菜搭饭的方式，赢得了许多回头客，他的第一桶金就是这样挖来的，借此开了后两家馆子。这些年，米价、菜价开始上涨，而且这家餐馆因为价格便宜，许多民工开始光顾，其他的顾客却越来越少。民工饭量大，又舍不得钱，5毛钱的菜可以吃好几碗饭，他当然赚不到钱了。他想关掉餐馆，可那些和他已成为朋友的民工半开玩笑地对他说："贾老板，你这一关门，我们就再也吃不到这么好的饭菜了。"他说："我也没办法，米涨价菜涨价，只有你们不给我涨价，我当然只有关门了。"民工们没说话，相互看看沉默一会儿走了。

老贾没想到，过了几天店里的伙计给他打电话让他过去。他赶去，看到店门口堆了两麻袋米，袋子上还有一张纸条，上面写道："贾老板，这两袋米是我们几个自家地里种的，不值几个钱，你收下。"老贾拿着那张纸条，半天说不出话。后来，有民工回家再回工地，就有米送来。米虽然不多，可老贾每次都会感慨万千。他想查是谁送的，正吃饭的民工却说："不用查了，本来就不值几个钱，和你开这家餐馆亏的钱就更不能比了。"可老贾不能白收人家的米，于是和那些来吃饭的民工商量，他们有米都可以送来，他收下记账算钱，当是他们的饭钱。

"所以说，那家餐馆是我那些朋友的家。一些民工走了，另一些民工又来了，说是某某介绍他们来的，告诉他们这里的老板绝对是个好人，不会占他们的便宜。有些民工换了打工的地方，来我这里吃饭不方便了，可隔两个月总会过来看看，说是就当回家。"老贾说，"你们去我的平民餐馆看看，每张桌子都干干净净，从来没有一点儿汤汤水水，盘子里从来没有一点儿剩菜，碗里更是从来没剩过一粒饭……"老贾有些激动，停一会儿才说："不怕你们笑话，我每次看到那些干干净净的碗都特别感动。他们都知道我办这家餐馆挣不到钱，那些干干净净的碗就是对我的感激与回报……那家餐馆确实不挣钱，可那家餐馆我开得最愉快。我挣来了再多的钱也买不到的尊重和温情，让我觉得自己活在这个世上还有些价值。"

　　一桌人听着老贾的话都沉默了，有两个人看着自己面前碗里剩下的半碗饭，不好意思地笑笑，低下了头……

感恩寄语

　　老贾开了三个连锁店，但是，他最得意的就是这个平民餐馆。刚开始的时候，老贾的平民餐馆是他创业的策略，就是靠这个餐馆才完成了自己资金的原始积累。然而，随着米面价格的上扬，还是维持着原来的平民价格显然是赔本的，但是，老贾并没有因此而提高菜价，更没有因为不赚钱而关闭了餐馆。对此，前来吃饭的民工也理解老贾的难处，都不约而同地从家带来自产的米，以此来支持老贾把餐馆开下去，因为这里已经成了平民打工仔温馨的家，除此之外，民工们再也找不到像老贾这样能够如此体谅他们、关爱他们的地方了。在这里，他们不仅能解决饥饱问题，而且找到了人与人之间的互相尊重和体贴。在这里，他们能体会到家的温暖和爱意。把碗里的米一粒不剩地吃干净，把菜汤就着米饭一滴不留地喝干净，这些看似让人瞧不起的举动在这里都是节俭的好习惯，他们成了这里真正的主人。平民餐馆像是一家平民的爱乐乐团，用锅碗瓢盆演奏出了人与人之间的友爱之歌，老贾，就是乐团的指挥。

生命充满无限的可能，让人间变成天堂或地狱，常在你我的一念间。愿我们一起努力，让恶念的涟漪不起，让善念在人间传递。

让善念在人间传递

张羽良

听过这样一个感人的故事，这个故事发生在美国。一个大雪纷飞的夜晚，布朗先生独自驾车返家，不料车子却在一片四下无人的荒野中抛锚了。正当他着急得不知该如何是好且又冷又饿之际，一个年轻人正好驾车经过，当他知道布朗的遭遇后，立刻拿出绳索绑住两部车，然后拖着抛锚的车到下一个城镇去修理。

可以想见布朗对这位年轻人的感激之情，他当下拿出一笔钱作为报答之意，不料年轻人却摇摇头微笑着拒绝了。他告诉布朗说："我不是为了获得报酬才做这件事，若你真想报答我，就请答应我一个要求好了。"布朗略感讶异地凝神倾听年轻人所讲的要求。

"希望今后当你遇到需要帮助的人时，你都能够尽你所能去帮助他。若他也像你现在这样想要报答，请你把我现在告诉你的话同样告诉他，这就是对我最好的报答了。"

时光飞逝，一晃二十多年过去了，这段时间布朗从没有忘记对年轻人的承诺，只要遇见需要帮助的人，他总是义不容辞地去助人，碰上受助者想要回报他时，他也总是照着当初那个年轻人告诉他的话去说。在不断帮助别人的过程中，布朗深深体会到助人为乐的真谛，日子过得充实而愉快。

有一天布朗独自驾小船出海去钓鱼，不幸遇上了海上暴风雨，小船禁不起大浪的折腾翻覆了，布朗抱着救生圈在海上浮浮沉沉地漂流了一天一夜，最后被冲上一座荒无人烟的小岛。

过了几天，一个来孤岛附近钓鱼的小伙子，发现了遇险的布朗并救了他。对于救命之恩，布朗事后非常感激地拿出一笔钱作为答谢，没想到小伙子竟告诉他，不需要这样，只要今后当你遇到需要帮助的人，你都能够尽量帮助他，并且请他跟你一样，懂得去帮助需要帮助的人，这就是对我最好的报答了。

"这就是对我最好的报答了。"多么耳熟的一句话，这句话让布朗刹那间热泪盈眶，他突然明白，原来过去这二十多年，他都自以为是自己在帮助别人，其实他真正帮助的是他自己。助人的善念在人间传递，若干年后像圆圈一样又传回他身上，若不是有这么多的人共同传递这份善念，他今天或许不会获救。

然而，不仅善念会传递，恶念亦如是。一辆行驶在马路上不守交通规则乱按喇叭的车，能够瞬间影响数十个开车者的心情，这些受影响者，若没有足够的宽容，很可能将这份不好的情绪扩散至办公室或家庭中，让社会多了许多不必要的矛盾与冲突。

遇见令人不愉快的事，若我们搅入其中，扮演破坏人间祥和的角色，那对于这个世界的纷纷攘攘，我们谁也责怪不了，因为我们也都在起推波助澜的作用；反之，若我们能让不愉快的事仅及自身而不波及他人，相信用不了多久，连不愉快的事你可能都会很少再遇到。

生命充满无限的可能，让人间变成天堂或地狱，常在你我的一念之间。愿我们一起努力，让恶念的涟漪不起，让善念在人间传递。

感恩寄语

    帮助别人其实就是帮助自己，但是，很多人却算不透这个账，该帮助别人的时候却冷眼旁观，事不关己，高高挂起。人的生活并不是一帆风顺的，等到自己处于困境或危险之境需要帮助的时候，你是多么期望有人挺身而出呀，如果大家都没有善念，没有帮助人的美德，那么，最终谁也不会得到别人的救助。星星之火，可以燎原，善念是可以传递的，你帮助了别人，别人也会帮助你。如果不是那个陌生的年轻人向自己伸出援助之手，很可能布朗先生的汽车会一直抛锚在深夜的雪地里。如果不是自己将这种善念传递给他人，他就体会不到帮助别人时所产生的快乐，更不会在多年以后在无人的荒岛上获救。善念是传递的，是有轮回的，伸手援助他人，最终援助的是自己。勿以恶小而为之，勿以善小而不为！哪怕一点一滴的帮助，都可以让人感到世间的温暖。伸出你的手吧，在一切力所能及的范围内去帮助别人。

> 不要枉费了你的生命，要少追求物质，多追求理想。因为只有理想才赋予人生以意义，只有理想才使生活具有永恒的价值。

人生的真谛

[美国]亚利山大·辛德勒　沈培健　译

人生的艺术，只在于进退适时，取舍得当。因为生活本身即是一种悖论：一方面，它让我们依恋生活的馈赠；另一方面，又注定了我们对这些礼物最终的弃绝。正如先师们所说：人生一世，紧握双拳而来，平摊两手而去。

人生是如此地神奇，这神灵的土地，分分寸寸都浸润于美之中，我们当然要紧紧地抓住它。这，我们是知道的，然而这一点，又常常只是在回顾往昔的时候才为人觉察，可是一旦觉察，那样美好的时光已是一去不复返了。

凋谢了的美，逝去了的爱，铭记在我们的心中。尤令人痛苦的是，回想起当那种美正闪烁其华之际，我们却熟视无睹；当那种爱正娓娓倾诉之时，我们却不曾回报以琼琚。

最近的一件事重又启发了我，使我顿悟了一个真理。其时，我由于严重的心脏病发作而住了院，受到特别精细的照料——虽然医院总不是个好去处。

一天早上，我得去接受几个辅助检查，而检测器械放置的房子在病区的对面，因此，我只好坐轮椅穿过一个院落。

一出病房，迎面的阳光震撼了我的身心，我所有的感受只有太阳的光辉！多么美好的阳光啊——那样温煦，那样明亮，那样辉煌！

我留神看了看，是否还有人欣然沉醉于这金光灿烂之中。没有，人人都来去匆匆，大都目不斜视，只盯着地面。我想到自己也确是常常如此：总是沉湎于琐细乃至令人厌恶的事情之中，而对于大自然中出现的胜景则全然无动于衷。

这一经历所导致的顿悟，其实与这经历本身一样，是极普通的：生活的馈赠是珍贵的，只是我们对此留心甚少。

由此可知，人生真谛的要旨之一是：告诫我们不要只是忙忙碌碌，以致错失掉生活的可叹、可敬之处。虔诚地恭候每一个黎明吧！拥抱每一个小时，抓住宝贵的每一分钟！

执着地对待生活，紧紧地把握生活，但又不能抓得过死，松不开手。人生这枚硬币，其反面正是那悖论的另一要旨：我们必须接受"失去"，学会怎样松开手。

这种教诲确是不易领受的。尤其当我们正年轻的时候，满以为这个世界将会听从我们的使唤，满以为我们用全身心的投入所追求的事业都一定会成功。而生活的现实仍是按部就班地走到我们的面前——于是，这第二条真理虽是缓慢的，但也是确凿无疑地显现出来。

我们在经受"失去"中逐渐成长，经过人生的每一个阶段，我们只是在失去娘胎的保护后才来到这个世界上，开始独立的生活；而后又要进一系列的学校学习，离开父母和充满童年回忆的家庭；结了婚，有了孩子，等孩子长大了，又只能看着他们远走高飞。我们要面临双亲的谢世和配偶的亡故；面对自己精力逐渐地衰退；最后，我们必须面对不可避免的自身死亡——我们过去的一切生活，生活中的一切梦都将化为乌有！

但是，我们为何要臣服于生活的这种自相矛盾的要求呢？明明知道不能将美永保持久，可我们为何还要去造就美好的事物？我们知道自己所爱的人早已不可企及，可为何还要使自己的心充满爱恋？

要解开这个悖论，必须寻求一种更为宽广的视野，透过通往永恒的窗口来审度我们的人生。一旦如此，我们即可醒悟：尽管生命有限，而我们在世界上的"作为"却为之织就了永恒的图景。

人生决不仅仅是一种作为生物的存活，它是一些莫测的变幻，也是一股不息的奔流。我们的父母通过我们而生存下来，我们也通过自己的孩子而生存下去。我们建造的东西将会留存久远，我们自身也将通过它们得以久远地生存。我们所选就的美，并不会随我们的湮没而泯灭。我们的双手会枯萎，我们的肉体会消亡，然而我们所创造的真、善、美则将与时俱在，永存而不朽。

不要枉费了你的生命，要少追求物质，多追求理想。因为只有理想才赋予人生以意义，只有理想才使生活具有永恒的价值。

（注：本文是美国犹太人联合会主席辛德勒于1987年5月在南卡罗来纳大学毕业典礼上致词的一部分。）

 **感恩寄语**

"人生一世，紧握双拳而来，平摊两手而去。"的确这样，活了一场，人生好像什么也没有得到。真正能让我们享受的是生命的过程。

如果不是因病住在医院，"我"仍然感悟不到人生的真谛。因

为"我"本身就是一个匆匆的过客，也是为了生活而需要不停地奔波。当"我"坐在轮椅上观察院落里的人时，发现他们"大都目不斜视，只盯着地面"。没有一个沉醉于那样温煦、那样明亮、那样辉煌的金光中，大概是太专注于他们的目标了，所以没有心思留意身边迷人的景色。

人生就是这样，很多时候，我们都是匆匆走在自己的脚步里，急于奔向自己的理想，二十岁之前，我们急于求学；三十岁左右，我们急于立业；四十岁的时候，我们只对苦心经营的事业执着；五十岁之后，往回看看，发现什么也没留住，只落下处于亚健康状态的身体。就像小猴子掰玉米，结果什么也没有得到。

生命，需要我们适度地索取，需要创造我们自身的价值。

第五辑
感谢的快乐

　　诚信，在人与人之间应该有着举足轻重的位置。有时候，不是任何行为都能用金钱去衡量的。诚信，是做人的根本，虽然无法触摸，但雕刻在生活的角角落落里。只有诚信，人人才能真心相待。

> 表达感激会产生一连串反应，改变我们周围的人，包括我们自己，因为没有人会误解来自感激之心的悦耳音调。

感谢的快乐

从前，有一位年轻牧师，叫马克·布赖恩，他被派到加拿大一个遥远的印第安人教区。有人告诉他，这些印第安人的语言中没有一个词可以用来表达"谢谢你"。但是，布赖恩不久便发现，这些印第安人非常慷慨。他们不去道谢，而是习惯通过帮助别人来回报每一个帮助过自己的人，而且每一个善行都会得到同等或更多的回报。他们是以行动来表示感谢。

很难想象，如果我们的词汇里没有道谢的词语，我们会在相互传达感谢时做得更好吗？我们会更有责任感、更能善解人意、更体恤他人吗？

表达感激会产生一连串反应，改变我们周围的人，包括我们自己，因为没有人会误解来自感激之心的悦耳音调。

感恩寄语

因为有人伸出双手，多少无望的眼睛从此看到辉煌；因为有人敞开胸怀，多少无助的心灵从此告别悲伤；因为有人献出一份爱心，共同托起满天星，无望的眼睛从此看到光辉，无助的心灵从此告别伤悲。从此，社会就成了一个温暖的大家庭。

在乱葬岗子里有一座特殊的坟墓，它是一座给狗立的坟墓，上面立着块小小的石碑，碑上写着"忠义救主的狗"，且时时有人给这坟培上新土。

舍生救主的癞皮狗

于艾平

在乱葬岗子里有一座特殊的坟墓，它是一座给狗立的坟墓，上面立着块小小的石碑，碑上写着"忠义救主的狗"，且时时有人给这坟培上新土。原来随着狗一起还埋葬着一个感人的故事。

大概是在解放前，榆树崴子有个孤独的老人，他家徒四壁，穷得什么都没有，只有一只癞皮狗。这狗有小板凳大小，短腿，一身脏兮兮的灰毛打着卷卷，且患有癞皮癣病，人见人烦，生怕沾染它身上的癣。老人是在打草的路上发现它的，这只皮包骨头的小狗趴在路边，爪子交叉在胸前，有气无力，可怜巴巴地望着老人。一定是主人嫌弃它，把它抛弃了，好心的老人把它抱回家里，从此收留了它。

小狗长大了，老人带着它出去打草打柴，形影不离。但他无论用什么样的办法，都无法治好它身上的癞皮癣。这只狗也真没用，吃饱就睡，饿了就盯着人讨吃的，不分自家人还是外家人，只要给它吃的就行。这狗既不能打猎也不会看家，对谁都摇晃尾巴，贼摸进门也一样欢迎，绝对开门揖盗。街坊邻居都劝老人，要这么个东西有啥用，连门都不会看，既然舍不得打死它吃狗肉，还不如扔掉它，再养一只好狗。老人也知道这狗确实不争气，不过再怎么

说总是一只狗呀！"它是没大用处，可我和它处惯了，起码有个伴儿！"老人谢绝大伙的劝告，一如既往地和癞皮狗生活在一起……

转眼已到夏天，有一次老人去白桦林打柴，下乱葬岗子时不慎跌落陡崖，当场头破血流昏死过去。癞皮狗"呜呜"地哀叫着，急得团团乱转，怎么也唤不起昏迷不醒的主人。

那年夏天天气特别热，老人躺在毒日头下，汗水和血水一滴到石头上就蒸发干了。由于酷热和流血过多，他几次昏过去又醒过来，蠕动着嘴唇说："水……水……"癞皮狗将耳朵贴在主人嘴边，终于弄懂了他的意思。可是这儿离江汉子至少两里远，对一只狗来说，要打到水是不可能的事情。癞皮狗并没有辜负主人的信任，不再迟疑，只见它跑到江边，在水里滚湿身上的长毛，含起一口江水，飞一样地返回乱葬岗子。

癞皮狗回到山脚下，赶紧对着主人的嘴巴吐出江水，可惜只够老人滋润一下喉咙。它又将身子贴在主人的脸上，抖掉长毛里的水珠，让他多少凉快些……癞皮狗就这样一趟趟跑着，如法炮制，每次含一口水，滚湿长毛，以最快的速度喂主人一口，再抖掉身上的水珠让他凉快凉快。一趟，两趟，三趟……它不知跑过多少趟，才好不容易把主人救醒了。老人醒来后说："我动不了啦……你快回去找人来……"癞皮狗已累得筋疲力尽，但还是摇摇晃晃地跑回榆树崴子，游过江汉子，冲进邻居家苦苦哀叫，叼住邻居的裤腿往外拽，任人踢打也不松口。

街坊邻居们都觉得奇怪，这狗怎么了，疯了不成！终于有人想起来，眼瞅着太阳就要落山，老人怎么还没有回家？有人跑到江边，见老人的小船仍在对岸，再看看水淋淋的狗，立即明白它是游过江的，老人肯定出事了。于是大家点起火把，划起小船，带着癞皮狗渡过江汉子，让它在前面领路，寻找出事的老人。癞皮狗耷拉着舌头，连叫一声的力气都快没了，但在众人的鼓励和催促下，它仍旧拼尽最后一丝力气，挣扎着一路爬向自己的主人……摔伤的老人获救了，癞皮狗却从此再也没有爬起来，它为救自己的主人活活累死了！

老人伤心至极，流着眼泪做了口棺材，竖起一块小小的石碑，将他的癞皮狗埋葬在乱葬岗子上……榆树崴子一带的人，都知道癞皮狗舍命救主人的故事，非常敬佩这只狗，不管谁来给亲人上坟，都顺手给它添两锹土……

 **感恩寄语**

朋友，就是要患难相助，不离不弃。一只狗就做到了这一点。

狗，一直是人类最忠诚的朋友，有关它舍身救人的故事有很多，本文就再次演绎了这样的一个故事。一只癞皮狗，被主人收养了，它没有好看的外表，可以说是非常丑陋，也没有看门的本领，更不会打猎。在别人都建议老人把它丢掉的时候，老人却和它相处得难以分离。狗，就是老人的一个伴儿，排解了老人的寂寞和孤独。狗，是有感恩之心的，老人到山里砍柴时，不慎跌入山崖，浑身是伤，天气又热，老人昏过去几次又醒过来。当狗弄清楚老人需要水的时候，不惜自己的体力，用嘴和身体为老人带来了有限的水，随后又回村找人搭救，老人得救了，但癞皮狗却活活地累死了。这使我们想到巴黎圣母院里那个丑陋的敲钟人，他虽然外表丑陋，但拥有一颗善良忠诚的心，危难时刻，不惜牺牲自己的生命。生命之爱，在人和动物之间也能建立，何况人与人呢？对于朋友，我们需要诚心，也需要做到不离不弃！

想着那些艳红的皇后玫瑰，还有卡片上漂亮的花体字，多可爱！即便事情打开头就是个小小的误会，却也因罗兰小姐的善意而变得那么美丽……

圣诞夜的皇后玫瑰

金　名

弗兰西斯是个资质普通的孩子，她相貌平常，身体也不娇俏动人，性格过分害羞，学习成绩也一般。无论怎么看，她都属于那种搁在人堆里就找不着的平常孩子。

这种情况如果发生在一个平常家庭里或许没有什么，可弗兰西斯却生长在一个高智商的显赫之家。她的祖父是一个庞大财团的创始人，她的父母都是成就斐然的科学家。从懂事那天起，她就一直在尽最大努力想做出点成绩来表现自己，可一切都是徒劳。而对自己平庸的女儿，她的父母不时也会无奈地叹息说："弗兰西斯是我们家的丑小鸭，一只无法变成天鹅的丑小鸭。"这样的评价有意无意让弗兰西斯幼小的心灵有了深深的自卑感。

弗兰西斯永远是班里最孤单的女生，既不会因为优异成绩而受到任课老师的表扬；也没有特别突出的特长来获得同学们的青睐。天长日久，弗兰西斯把自己封闭起来，她寻找种种借口逃避集体活动，对别人的冷落装出一副无所谓的样子。可事实上，每当听见其他同学谈论那些有趣的晚会或者课余活动时，她的心里就充满了羡慕之情。

这种凄凉的境况一直延续到中学的最后一年。

这年，年级里新来了一位教生物的罗兰小姐。这位年轻漂亮的女教师很快就注意到了形单影只的弗兰西斯，她经常主动接近这个沉默寡言的女生，希望能打开这个女孩子封闭的心扉。她从一些细小的事情上发现了弗兰西斯身上温柔谦和的个性，只是这种美好的品质暂时湮没在她外在的平庸里，像掩埋在普通贝壳里的珍珠般不为常人发觉。

冬天来临的时候，罗兰小姐摔断了腿。弗兰西斯每天下午下课后都会到医院来探望她，跟她讲一些学校的事情。圣诞节的前一天，罗兰小姐问弗兰西斯："我知道，圣诞之夜学校里一定安排了好多聚会，告诉我，明天晚上你打算参加哪一个？"弗兰西斯顿了一下，然后笑笑说："哦，我本来要去参加年级舞会来着，可不巧有户人家非得让我帮忙看小孩。"罗兰小姐点点头，没有再问什么，她断定可怜的弗兰西斯一定没有说实话。

第二天下午，学校里的孩子们开始欢天喜地地做着圣诞夜的最后准备，唯有弗兰西斯沉默地坐在一旁，黯然盘算如何躲到一个不为人知的地方度过这个晚上。

黄昏时分，也不知是谁在宿舍里突然惊叫一声："看呀！那是安德鲁斯，他手里的红玫瑰是送给谁的？"立刻，女孩子们一齐拥到窗口朝外看——安德鲁斯是学校里出名的帅男生，现在正捧着一大把红玫瑰向女生宿舍这边走来。

令人想不到的是，安德鲁斯叩开门，在众目睽睽之下将一大捧红玫瑰送到了弗兰西斯面前。这个意外的举动不仅让其他女孩大吃一惊，更让弗兰西斯瞠目结舌，她根本就没奢望过会有人送花给自己，何况还是学校大多数女孩子心目中的白马王子。"是、是给

我、我的？"弗兰西斯结巴着问，两手慌张地背到后面，生怕这是个恶意的玩笑，可是安德鲁斯更进一步把花送给她，肯定地说："就是给你的呀！"

弗兰西斯稀里糊涂地接过花。"嘿，弗兰西斯，给我们念念卡片上的留言好吗？"弗兰西斯抽出花束里的卡片，看了一眼上面的花体字。天哪！一切竟像是做梦！她不觉又瞥了一眼身旁的女同学，她们的脸上流露着或好奇、或不信、或羡慕甚至还有嫉妒的表情。她懂得那样的心情，她拿着卡片慢慢念道："22朵皇后玫瑰，祝全体女生好运。"说完，她把卡片放进衣袋，将花束大方地捧到同伴们面前。

在一片喧哗声里，只有安德鲁斯没有说话，因为他非常清楚，其实那卡片上写的是"22朵皇后玫瑰，祝我心爱的姑娘好运"。他靠近弗兰西斯低声问："这可是从英国空运来的皇后玫瑰，是送你一个人的玫瑰。"弗兰西斯笑了，她温和地反问道："现在不好吗？每个人都很开心，每个人都能度过一个没有遗憾的圣诞夜。"

生活随着这个圣诞夜起了变化：一个帅男孩透过22朵盛开的皇后玫瑰发现了一个平常女孩的美丽心灵；而那个平常的女孩呢，从此放开自我，快乐地融入集体，并赢得了大家的友谊和尊重——丑小鸭终于变成了美丽温柔的天鹅。

很多年以后，已成为著名建筑师的弗兰西斯在一个颁奖晚会上谈起了那个圣诞夜的皇后玫瑰，言语间无不流露着对安德鲁斯的感激。但是当她走下颁奖台，丈夫安德鲁斯却惊讶地对她说："原来你一直以为那皇后玫瑰……其实那并不是我送你的。记得那天我去医院看望罗兰小姐，她让我把她未婚夫送的圣诞礼物转送给你——22朵寓意好运的皇后玫瑰，她是希望花儿能带给你好运……"

"是吗？真的吗？原来是这样啊。"弗兰西斯轻轻叹了口气说。想着那些艳红的皇后玫瑰，还有卡片上漂亮的花体字，多可爱！即便事情打开头就是个小小的误会，却也因罗兰小姐的善意而变得那么美丽……

**感恩寄语**

弗兰西斯是个十分普通的孩子，既没有漂亮的外表，也没有骄人的成绩，属于放在孩子堆里就被淹没的人。没有老师表扬她，所有的同学都对她很冷漠，就连她的父母也会不时无奈地叹息说："弗兰西斯是我们家的丑小鸭，一只无法变成天鹅的丑小鸭。"她很自卑，开始有意躲避集体活动，其实，她心里非常羡慕其他孩子能随心地参加各种晚会和活动。

一个人生下来就会有一个天使帮助他，罗兰小姐就是弗兰西斯的天使。

罗兰老师观察到弗兰西斯"身上温柔谦和的个性，只是这种美好的品质暂时湮没在她外在的平庸里，像掩埋在普通贝壳里的珍珠般不为常人发觉"。她做了一个善意的欺骗，却改变了一个平凡女孩的内心世界，给她带来了无比的自信，从此，她的生活充满了阳光，一直到她事业达到辉煌时期，才知道事情的真相。爱，一直延续在她的内心。

生活中，每个人都需要充满自信地生活。自信，让人生充满着希望；同时，还要有爱心，爱心可以打动心灵，可以温暖世界。

对我来说，给朋友送行似乎是天下最难的事情了。我实在不擅长干这种事，或许你也有同感。

送 行

[英国]麦克斯·伯尔比姆　陈演平　译

对我来说，给朋友送行似乎是天下最难的事情了。我实在不擅长干这种事，或许你也有同感。

在房间里，甚至在门阶上，我们都能与朋友十分成功地告别。那么为什么不就这样相别呢？要上路的朋友总是恳请我们不必劳神在第二天一早去车站相送，而我们却总是对这种恳请置若罔闻，认为这不过是客气话。我们及时赶到车站，可是，到那时，哦，到那时，竟出现了一条多么大的鸿沟啊！我们的感情被隔开了。我们不知该说什么好，就像不能说话的动物看着人那样地互相呆视着。我们想方设法寻话说，而又能说出些什么来呢？只能巴望着站警早点吹响哨子，来结束这令人发窘的场面。

上星期一个阴冷的早晨，我准时到达尤斯顿车站，为一位去美国的老友送行。

前一天晚上我们曾为他饯行，席间欢乐的气氛与感慨的心绪融为一体。他这一去得许多年才能回来，我们中的一些人也许将永远不会再见到他了。我们很幸运能与这位朋友相识，想到今后不能与他在一起，大家心中深感惋惜。别离的悲欢之情洋溢着整个宴会，这真是完美的送别。

可是现在，我们来到了车站，在月台上僵硬地站着，一副不自然的样子。我们那位朋友的脸从车窗里露了出来，几乎像是一张陌生人的脸。"东西都带上了吧？"我们中的一位打破沉默问道。

"是的，都带上了。"那位朋友轻快地点了点头。"都带上了。"他又心不在焉地重复了一遍。

"您可以在火车上吃午饭。"我说，尽管这话早就说过多次了。"哦，是的。"他表示赞同。接着他又说火车直达利物浦。我们莫名其妙地互相看了看。

"难道在克鲁不停吗？"我们中的一个人问。

"不停。"他简短地回答。接下去又是一阵沉默。然后，我们中间有一个人朝车上那位朋友点了点头，做出一个笑脸，"唔"了一声。这点头，这微笑，这意义含糊的单音词都得到了对方一丝不苟的回报。随之，沉默又被一位送行者的一阵咳嗽所打破。这咳嗽显然是做作的，但倒也能打发掉一点时间。然而，月台上依旧是一片拥挤与嘈杂，火车没有丝毫要开的迹象，我们和我们朋友的解脱时刻还没有到来。

我东张西望的目光落到了月台上一个相当壮实的中年男子身上，他正与邻近车窗里的一位女郎在依依惜别，我对他那漂亮的侧影感到有点眼熟。那女郎一望而知是个美国人，而他显然是英国人。要不是这一点，那动人的神情真要让我把他们当成是父女俩了。我想知道他们在说些什么。他注视着女郎，眼中流露出深沉的慈爱之情，十分感人。我相信他给予那位旅客的一定是最美好的嘱咐。当他最后向女郎话别时，他显得如此富有魅力，就连我站在那儿都能隐约感受到。这吸引人的力量就如同他那漂亮的侧影一样令我似曾相识。我在哪儿见到过呢？

　　我恍然回想起来了——这人是霍伯特·勒·洛斯！但是和最后一次见到他时相比，他的变化多大啊！

　　那是七八年前在斯特拉德时的事了。当时他没排到什么角色，向我借了半个克朗。借东西给他似乎是一件令人荣幸的事，他总是那么富有魅力。为什么这种魅力从未能使他在伦敦的舞台上走运？我始终弄不明白。他是个出色的演员，过着严肃的生活。不过，与他的许多同行一样，霍伯特·勒·洛斯不久后就流落到了乡间，于是我就像别人一样地不再记得他了。

　　时隔多年之后，在尤斯顿车站的月台上见到他如此地阔绰和壮实，不能不令人惊异。使他难以被认出来的不仅在于他发福了，而且还在于他的装束。当年他总是穿着一件仿羊皮的上衣，如今他衣饰庄重，华而不俗，使人肃然起敬。他看来是个银行家，有这样的人为自己送行，任何人都是足以自炫的。"请站开——"火车就要起动了。

　　我向我的朋友挥手告别。勒·洛斯却没有站开，他的双手仍紧握着那位美国女郎的手。"请站开，先生。"

　　他松开了手，但随即又冲上前去，轻声说了几句什么，女郎的泪水几乎夺眶而出。他目送着列车远去，热泪盈眶。

　　他转身见到了我，一下子又开心起来，问我这几年都躲到哪儿去了，同时掏出半个克朗还我，好像是昨天刚向我借的。他挽起我的手臂沿着月台慢步走着，一边告诉我他是如何在每个星期六爱不释手地读我的剧评的。

　　我也告诉他，我是多么希望能再在舞台上见到他。"啊，对了，"他说，"我现在已经不在舞台上演出了。"

　　他把"舞台"一词说得特别重。"那么您在哪儿演戏呢？"我问。"在站台上。""您是说在音乐会上朗诵？"

他笑了。"这个站台，"他悄声说，用手杖顿了顿地面，"这就是我所说的站台。"

难道他那神秘的发迹使得他神志不清了？我感到迷惑，但他看上去十分清醒。

我只得请他解释一番。

他递给我一支烟，替我点燃之后就说开了："我猜想您刚才是在为一位朋友送行，是吗？"我说是的。他又问我认为他刚才在干什么，我当然认为他也在为朋友送行。"不，"他一本正经地说，"那小姐不是我的朋友。我今天早上才第一次见到她，就在这儿，"他说着，再次用手杖顿了顿地面，"离现在还不到半小时。"

我觉得自己被弄糊涂了，他却笑了笑，问我："您可曾听说过英美社交局？"我没听说过。他解释说："每年都有成千上万的美国人到英国来，而许多人在英国是举目无亲的。过去他们总是靠介绍信，但英国人并不好客，开那些信只是在糟蹋纸头。所以，"勒·洛斯继续说，"英美社交局就来满足这个长期的需要。美国人喜欢交际，许多人有的是可花的钱。英美社交局为他们提供英国朋友，收取的费用百分之五十付给这些朋友，其余的归局里。可惜我不是头儿，要不我一定是个阔佬了。我只是一名雇员，但就这样，我也混得不错——我是一名送行者。"

见我还没搞懂，他继续解释说："一些美国人付不起在英国雇朋友的钱，但请人为自己送行这点钱是谁都付得起的。一个单身旅客的费用才五英镑，两人以上的团体是八英镑。他们把钱交给局里，讲好离开的日期和让送行者在月台上辨认他们的标记。然后，嗯，然后，就有人给他们送行了。"

"但是值得这样干吗？"我喊道。"当然值得。"勒·洛斯说，"这可以使他们在离别之际不会感到被人冷落，使他们在站警面前身价陡增，可以使他们赢得旅伴们的尊敬。这里说的旅伴是指那些还要在一起坐船的人，这次送行为他们的整个航海旅行开了个好头。再说，送行本身也是够味儿的。您是看到我和那小姐告别的，难道您不觉得我做得挺动人吗？""动人极了，我承认，我真嫉妒你，而我……"

"是的，我能够想象得出，您站在那儿，从头到脚地不自在，茫然地看着您的朋友，没话找话说。我懂。在我费工夫学习送行术并把这作为自己的职业来干之前，我也是和您一样的。即使现在，我也没有达到炉火纯青的地步，仍然会有怯场。您知道，火车站是一切地方中最难演戏的地方了……"

"可我不是在演戏，我的一切感受都是真的！"我愤愤地说。"我也是在真正地感受呢，我的朋友。"勒·洛斯说，"没有感情是演不成戏的。那个法国人，叫什么名字来着——对了，叫狄德罗，他说得很漂亮，但他真懂得这个吗？火车开动的时候，您不是看到我眼里的泪水了吗？这不是装出来的，我是真正地动了感情的。我敢说您在送行时也和我一样动情，但您却没有一滴泪水可以证明这一点。您不会表达您的感情，也就是说，您不会演戏。"他又补充一句："至少，您是不会在火车站演戏。""教教我吧！"我叫起来。

他望着我，若有所思。"嗯，"他终于说，"送行的季节快要过去了，好吧，我可以给您开个课。现在我手头学生不少，不过，"他掏出一本精致的笔记本翻了翻，"我可以在每星期二和星期五给您上一个钟点的课。"他要的价，我得承认相当高。

感恩寄语

　　生活中，相聚和分别是我们时刻要面对的，相聚就意味着下一时刻的分别，而分别，是为了下一次的相聚，悲欢离合离不开情感的相连，明明是一肚子想说的话，但是分别的时候唯有沉默，明明是笑着说再见，而泪水已经流进了心里。这就是情感这东西无法言表的魅力。这也是送别最动人的地方。

　　而本文中"我"的朋友勒·洛斯却把送别作为一门职业，以为别人送别赚取生活，把为别人送行作为戏来演，以能把这出戏演得动情感人而自诩，并以此开馆授徒。这让读者读来仿如奇谈。然而，在物化的社会，人与人之间的感情都以物质利益来衡量，出现这样的现象也就不足为奇了。

　　希望大家能葆有真心，拒绝将友情、亲情物化。

如果你是我，你该也会用那句刻骨铭心的话来时时激励和警醒自我，一如在心灵某个最脆弱的时刻，曾经提醒过我的声音："同学，请大声点！"

同学，请大声点

8岁之前，我是颗全校公认的开心果，天真灵动的大眼睛在课堂上下四处流窜，清脆明亮的笑声被誉为"校广播站"的提示音乐。童年的快乐，无所顾忌。

8岁时，发生了一件事，改写了我的一生。

其实那不过是一次小小的意外，新班主任偶然想起要我重权在握的老爸去调一个八竿子打不着的远房亲戚，一头雾水的老爸随口说道那过来面试吧，话筒中传来一声不屑的闷哼，而后，整个话筒被重重地摔落，似乎预示着我厄运的开始。

日理万机的老爸很快忘记了这不愉快的一幕，而年轻气盛的班主任却念念不忘这番冷遇。

8岁的记忆，本该是我人生最重要的转折，遗憾的是我只能给出一片空白，回忆令人疲倦，而非疼痛，或者是我早已经麻木的结果。其实班主任并没有错，或许，她只是为了宣泄一时的怒气而大发雷霆，暴跳如雷。每个人都有权力愤怒，但她忘记了，自己所面对的，是一个天真无辜、猝不及防的孩子。

到现在，我从来不曾试图去回想，怒容满面的年轻女教师对我做了些什么，怒斥，还是体罚？既没有结果，也毫无意义，因为最直接的后果就摆在那儿——那天之后，一向活泼好动的我忽然缄口不言、噤若寒蝉，甚至连亲戚朋友的问活，我都拒不作答……一周之后，医生对着哭成泪人的老妈长叹一声，说："你的女儿生理功能完全正常，而之所以失声是受到心理创伤之后的自闭。"

一个月之后，面对百般诱导的老妈，我说出了第一个字，在那个轻得不能再轻的象声词里，老妈再次泪如雨下。

但我曾经的天真烂漫不再，曾经的清脆童音不再，我几乎只会嗫嚅着说话，含糊不清得让所有任课老师都懒得提问我。

一年之后，新换的班主任看到我，立刻家访，第一句话是，这孩子是不是被继父或后母所虐待？

朋友们不再愿意和一个声若蚊蝇的伙伴玩耍，甚至卖冰棍的大妈也颇为费力才能弄清我需要什么……很多年后我回忆起那段岁月，用这句话来形容自己的感觉："许多人围成一个圈子在游戏，而我则站得很远很远，永不可能与大家融合，温暖的阳光下，我的心灵，寒冷如冰。"

性格上的巨变让我的成绩急转直下，成为一名沉默害羞的"差生"，尽管所有曾夸我冰雪聪明的老师，都愿为我义务补课，却迟迟不见好转。

六年级的时候，来了一位号称"铁腕"的班主任，在他的第一节语文课上，当他要宣布课代表的时候，所有的人都翘首以待，唯有我把头埋低了，如坐针毡，忍受着被老师点名的危险，那真是种煎熬——尽管我自信绝不会被最重视口才的语文老师选中。

在班主任洪亮的声音里，全班哗然。"我选中的是一个老实人，老实到连话都说不完整、不清楚。"我呆住了，不知道他为什么要和安分守己的我作对，让我承担起如此巨大的麻烦。更加恐怖的还在后

面，班主任让出了讲台，要我做一个简短的"就职"演说。

我鼓足勇气站起身，喃喃自语："老师，我的语文成绩不够好……"

老师眯起了眼睛问："你说什么？同学，请大声点！"

我咬了咬牙，把自己的话重复了一遍。

老师皱起了眉再问："同学，你的声音——能不能大一点，再大一点。"

所有人的视线火辣辣地集中在我身上，失落的记忆忽然在此刻复苏，热泪夺眶而出，我似乎又回到了几年之前，手无寸铁、被当众训斥羞辱的场景。一股热流冲顶而出，我不顾一切地大声喊道："老师，我说我的语文成绩不够好！"

老师铁青的脸色忽然渐渐和缓下来，他走到我面前，盯着我的眼睛，慢慢地、一字一句地问："你能有勇气如此大声地当众而喊，难道就没有勇气改写你的分数吗？"

我呆住了，热血凝固在发烫的脑海里，耳边震荡着的都是方才的声音："同学，请大声点，再大声点！"

在生命里真实地大声喊出自己的话，我能做到吗？

那天回家，我第一次有了一种写作的冲动，提起笔，写出一篇题为"窗外"的文章。"那层顽固的玻璃，牢牢禁锢着我的心灵，让我无法释放自己。而我，忽然听到了来自窗外的召唤！"

这召唤，却始终是模糊不清的，那仅仅是一个人的大声疾呼。

尽管我的学习成绩提高很快，令父母和老师喜笑颜开；尽管我开始捧回大大小小作文竞赛的获奖证书，令同学们艳羡不已，但文字并不代表语言的全部，写作并不能够解决我对当众演讲的恐惧，那是深植于我心底的致命创伤。

　　小学毕业前夕，奉老师之命到低年级介绍学习经验。望着台下人头攒动，我忽然一阵晕眩，竟一个字都吐不出。

　　孩子们静静地期待着，我努力鼓起勇气想要说些什么，话一出口，却变成了呓语般的悄无声息。台下无数双亮晶晶的眼睛，只能平添我的愧疚和恐惧。

　　在我满头大汗的时候，有一只温暖的手紧紧握住了我。我抬起头一看，原来是后排听课的一位老师，花白的发，沧桑的皱纹，却掩饰不住唇边那慈爱的微笑。在她越来越浓的笑意里我听到似曾相识的几个字："同学，请大声点！"

　　我愕然望着她。这位素昧平生的老师，她的笑容，不是幸灾乐祸的嘲讽，而是发自内心的亲切："同学，大声点，请再大声一点，告诉听众你的观点，自信地告诉大家，你是对的。"

　　在她的悄声劝慰里我擦干了急出来的泪水，尽全力去大声念出自己写在心灵里的每一个字——如果你也能够和我一样，从沉默寡言；从缄口不言到可以大声疾呼，那就证明你可以和我一样挑战并且征服自我。一个人连自己都不怕，还需要怕什么呢？

　　一口气讲完了自己想要说的，不觉哑然而笑，笑自己的演讲选错了对象。台下的孩子们睁大了天真的眼睛，似乎根本无法理解我在说什么。忽然传来一声清脆掌音，那是始终站在我身侧，默默微笑着的那位陌生老师给的。

　　童年时敏感脆弱的心灵，容易被一些简单的伤害所侵犯，而那伤口，却也会被另一些平凡的故事，渐渐抚平。

　　十年之后，站在千人汇聚的讲台上，用英文一字一句朗诵出这段话的时候，我洪亮的声音和真挚的情感，引得全场掌声如雷。

　　那一刻，我心中空空如也，除了"感激"二字，感激两位曾经

帮助过我的老师。在我的脑海中，他们的影像或许会渐渐模糊，而历久弥重的那句话，早已成为我人生道路上的座右铭。

如果你是我，你该也会用那句刻骨铭心的话来时时激励和警醒自我，一如在心灵某个最脆弱的时刻，曾经提醒过我的声音："同学，请大声点！"

感恩寄语

一个孩子的心灵，就像一枚小小的贝壳，本来在水里自由自在地开合，但是，一旦受到伤害，他的心门就会紧闭，怎么也不愿意敞开。"我"本是一个充满着快乐，无所顾忌的孩子，但是，因为班主任的一次打击，让"我"从此以后噤若寒蝉，就像文中所说的感觉："许多人围成一个圈子在游戏，而我则站得很远很远，永不可能与大家融合，温暖的阳光下，我的心灵，寒冷如冰。""我"失去了曾有的天真烂漫，失去了曾有的清脆童音，甚至连说话都说不清，"我"把自己封闭起来了，"我"的内心在无声地哭泣。新来的班主任，用他的关爱照亮了"我"内心的黑暗。

"同学，请大声点！"它像一声来自天外的呼喊，撼动了"我"内心坚固的黑暗之墙，像一轮高天的太阳，给了"我"内心久违的阳光，让"我"重新找回了自信，重新找回了自我。那句话，时刻激励和警醒着"我"，在心灵脆弱的时候，让"我"大声对自己说："同学，请大声点。"感谢两位老师的爱，让"我"的人生重新起航。

> 大哥多次对我说，那20元钱，是他一生的心灵折旧费。而在大哥厂子的门口，我看到了四个大字：诚信为本。

心灵折旧费

这是5年前的事儿了。那时，大哥刚刚下岗，在县城的一个十字路口，租了一间铁皮小屋，卖些烟酒之类。

一天黄昏，一位中年汉子走到大哥的铁屋前。汉子放下手中沉甸甸的编织袋，从口袋里摸索出5毛钱，买了一包劣质的香烟。汉子抽出一支烟，点上，然后和大哥寒暄起来。从谈话中，大哥了解到，汉子就是我们县的人，刚刚从外地打工回来。汉子说，他的家距离县城还有20多里的土路，汉子很犹豫地提出，能不能从大哥那里借一辆自行车，因为他已经坐了一晚上和一整天的车了。大哥看看夜幕已经降临，又打量着眼前这位陌生的民工，最后还是把他那辆"除了车铃不响哪都响"的东方红牌自行车推了出来。当时的大哥，确实多了一个心眼。他本来刚买了一辆新自行车，但是大哥可不敢轻易地相信别人。

汉子十分感激，说最晚明天上午就把车还回来。也许是由于匆忙，汉子并没有来得及留下他的姓名以及村庄，就匆匆地骑车走了。

晚上，当我的嫂子听说大哥把自行车借给一位陌生人的时候，和大哥大闹了一场，嫂子说我的大哥是榆木疙瘩不开窍，这回肯定被人骗了，不信等着瞧。

第二天上午，大哥焦急地等候在铁皮屋前，他多么希望那位汉子早点儿出现呀，然而，时间一分一秒地过去了，大街上人来人往，却没有那位汉子的身影。嫂子在一旁不断地敲敲打打、冷嘲热讽，大哥由沉默变得烦躁，又由烦躁变得愤怒。

大概是在中午12点半的时候，那位汉子骑着车子忽然出现在大哥面前。汉子擦了一把脸上的汗水，连声说着："对不起，对不起，来晚了。"大哥先是惊喜，但随之而来的是一股无明之火从心底升起。大哥厉声说："对不起个屁！你耽误了我的大事！"汉子很尴尬地站在一旁，手足无措。忽然，大哥灵机一动说："这样吧，我不能把自行车白借给你，你得掏点钱，就算是车子的'折旧费'吧。"大哥很为自己的"聪明"而得意，他知道，自己的这一招肯定会赢得老婆的赞许。果然，一直在旁边站立的嫂子，脸上顿时露出了欣喜的笑容。但是，那位汉子显然被这突如其来的变化搞蒙了，他嗫嚅着说："行……你说……多少钱？"大哥说："你拿20块钱吧。"汉子没有说话，从口袋里掏出两张10元的纸币，递给大哥。然后，汉子又说了一声："谢谢你了，俺走了。"说完，汉子头也不回地融入人群之中。

看着汉子已经走远，大哥才转过身，把那20元钱狠狠地甩给嫂子。然后，大哥准备把车子往里推一下。忽然，大哥愣住了！因为他看到了一个崭新的车铃，用手一拨，发出一阵脆响。大哥再仔细一看，车子确实是自己的东方红，但是变化的不仅仅是车铃，还有两只崭新的脚蹬子，刚刚上了油的链条以及擦拭一新的车瓦。

大哥一下子明白了。他一把抢过嫂子手中的20元钱，赶紧跑上街头。但是，那个汉子的身影已经无从寻觅。

如今，大哥自己开办了一家企业，企业红红火火。大哥多次对

我说，那20元钱，是他一生的心灵折旧费。而在大哥厂子的门口，我看到了四个大字：诚信为本。

感恩寄语

    诚信，是做人的根本。文章里"我"的大哥，显然是一个乐于帮助别人的人，要不然也不会那么轻易地把车子借给那个陌生的汉子，但是，大嫂却把大哥埋怨了一顿不说，甚至为这个破旧的自行车还大吵了一架。大嫂的私心太重，遮住了大哥的心灵。所以，当第二天，那个汉子来还车时，大哥情绪激动地向汉子要了20元钱的折旧费，结局却是戏剧性的，那辆"除了车铃不响哪都响"的东方红牌自行车换了崭新的面貌，能换的部件都换成新的了。汉子的诚信，给大哥利欲熏心的心灵重重的一击，让他清醒，诚信，在人与人之间应该有着举足轻重的位置。有时候，不是任何行为都能用金钱去衡量的。大汉的身上，诚信，就闪现着足金的光辉。诚信，是做人的根本，虽然无法触摸，但却雕刻在生活的角角落落。只有诚信，人人才能真心相待。

> 一个个无情的误解，纷乱了幸福的脚步。当命运的死结终于用代价打开，一切都为时已晚。

幸福为何来了又走

芦 荻

一个个无情的误解，纷乱了幸福的脚步。当命运的死结终于用代价打开，一切都为时已晚。

结婚两年后，先生跟我商量把婆婆从乡下接来安度晚年。先生很小时父亲就过世了，他是婆婆唯一的寄托，婆婆一个人扶养他长大，供他读完大学。"含辛茹苦"这四个字用在婆婆身上，绝对不为过！我连连说好，马上给婆婆收拾出一间南向带阳台的房间，可以晒太阳，养花草什么的。先生站在阳光充足的房间里，一句话没说，却突然举起我在房间里转圈，在我张牙舞爪地求饶时，先生说："接咱妈去。"

先生身材高大，我喜欢贴着他的胸口，感觉娇小的身体随时可被他抓起来塞进口袋。当我和先生发生争执而又不肯屈服时，先生就把我举起来，在脑袋上方摇摇晃晃，一直到我吓得求饶。这种惊恐的快乐让我迷恋。

婆婆在乡下的习惯一时改不掉。我习惯买束鲜花摆在客厅里，婆婆后来实在忍不住了："你们娃娃不知道过日子，买花干什么？又不能当饭吃！"我笑着说："妈，家里有鲜花盛开，人的心情会好。"婆婆低着头嘟哝，先生就笑："妈，这是城里人的习惯，慢慢地，你就习惯了。"婆婆不再说什么，但每次见我买了鲜花回来，依旧忍不住问花了多少钱，我说了，她就"啧啧"咂嘴。有时，见我买大包小包的东西回家，她就问这个多少钱那个多少钱，我如实回答，她的嘴就咂得更响了。先生拧着我的鼻子说："小傻瓜你别告诉她真实价钱不就行了吗？"

快乐的生活渐渐有了不和谐音。婆婆最看不惯我先生起来做早餐。在她看来，大男人给老婆烧饭，哪有这个道理？早餐桌上，婆婆的脸经常阴着，我装作看不见。婆婆便把筷子弄得叮当乱响，这是她无声的抗议。我在少年宫做舞蹈老师，跳来跳去已够累的了，早晨暖洋洋的被窝太舒服了，我不想扔掉这唯一的享受，于是，我对婆婆的抗议装聋作哑。

婆婆偶尔帮我做一些家务，她一做我就更忙了。比如，她把垃圾袋通通收集起来，说等攒够了卖废塑料，搞得家里到处都是废塑料袋；她不舍得用洗洁精洗碗，为了不伤她的自尊，我只好偷偷再洗一遍。一次，我晚上偷偷洗碗被婆婆看见了，她"啪"的一声摔上门，趴在自己的房间里放声大哭。先生左右为难，事后，先生一晚上没跟我说话，我撒娇，耍赖，他也不理我。我火了，问他："我究竟哪里做错了？"先生瞪着我说："你就不能迁就一下，碗再不干净也吃不死人吧？"

后来，好长一段时间，婆婆不跟我说话，家里的气氛开始逐渐尴尬。那段日子，先生活得很累，不知道要先逗谁开心好。

婆婆为了不让儿子做早餐，义无反顾地承担起烧早饭的"重任"。婆婆看着先生吃得快乐，再看看我，用眼神谴责我没有尽到做妻子的责任。为了逃避尴尬，我只好在上班的路上买包奶打发自己。睡觉时，先生有点生气地问我："芦荻，是不是嫌弃我妈做饭不干净才不在家吃？"他翻了一个身，扔给我冷冷的脊背，任凭我委屈地流泪。最后，先生叹气："芦荻，就当是为了我，你在家吃早餐行不行？"我只好回到尴尬的早餐桌上。那天早晨，我喝着婆婆烧的稀饭，忽然一阵反胃，肚子里所有的东西都抢着向外奔跑，我拼命地压制着不让它们往上涌，但还是没压住，我扔下碗，冲进卫生间，吐得稀里哗啦。当我喘息着平定下来时，听见婆婆夹杂着家乡话的抱怨和哭声，先生站在卫生间门口愤怒地望着我，我干张着嘴巴说不出话，我真的不是故意的。我和先生开始了第一次激烈的争吵，婆婆先是瞪着眼看我们，然后起身，蹒跚着出门去了。先生恨恨地瞅了我一眼，下楼追婆婆去了。

意外迎来新生命，却突然葬送了婆婆的性命！

整整三天，先生没有回家，连电话都没有。我正气着，想想自从婆婆来后，我够委屈自己了，还要我怎么样？莫明其妙的，我总想呕吐，吃什么都没有胃口，加上乱七八糟的家事，心情差到了极点。后来，还是同事说："芦荻，你脸色很差，还是去医院看看吧。"

医院检查的结果是我怀孕了。我明白了那天早晨我为什么突然呕吐，幸福中夹着一丝幽怨：先生和作为过来人的婆婆，他们怎么就丝毫没有想到呢？

在医院门口，我看见了先生。仅仅三天没见，他憔悴了许多。我本想转身就走，但他的模样让我心疼，没忍住，我喊了他。先生循着声音看见了我，却好像不认识了，眼神里有一丝藏不住的厌恶，它们冰冷地刺伤了我。我跟自己说："不要看他，不要看他。"伸手拦了一辆出租车。那时，我多想向先生大喊一声："亲爱的我要给你生宝贝了！"然后被他举起来，幸福地旋转。我希望的没有发生。在出租车里，我的眼泪才迟迟地落下来。为什么一场争吵就让爱情糟糕到这样的程度？回家后，我躺在床上想先生，想他满眼的厌恶。我握着被子的一角哭了。

夜里，家里有翻抽屉的声音。打开灯，我看见先生泪流满面的脸。他正在拿钱。我冷冷地看着他，一声不响。他对我视若不见，拿着存折和钱匆匆离开。或许先生是打算彻底离开我了。真是理智的男人，情与钱分得如此清楚。我冷笑了几声，眼泪"哗啦哗啦"地流下来。

第二天，我没去上班，想彻底清理一下自己的思绪，找先生好好谈一次。找到先生的公司，秘书有点奇怪地看着我说："陈总的母亲出了车祸，正在医院里呢。"我瞠目结舌。

飞奔到医院，找到先生时，婆婆已经去了。先生一直不看我，一脸僵硬。我望着婆婆干瘦苍白的脸，眼泪止不住：天哪！怎么会是这样？直到安葬了婆婆，先生也没跟我说一句话，甚至看我一眼都带着深深的厌恶。

关于车祸，我还是从别人嘴里了解到大概，婆婆出门后迷迷糊糊地向车站走，她想回老家，先生越追她走得越快，穿过马路时，一辆公交车迎面撞过来……

我终于明白了先生的厌恶，如果那天早晨我没有呕吐，如果我们没有争吵，如果……在他的心里，我是间接杀死他母亲的罪人。

先生默不作声搬进了婆婆的房间，每晚回来都满身酒气。而我一直被愧疚和可怜的自尊压得喘不过气来，想跟他解释，想跟他说我们快有孩子了，但看着他冰冷的眼神，又把所有的话都咽了回去。我宁愿先生打我一顿或者骂我一顿，虽然这一切事故都不是我的故意。

　　日子一天一天地窒息着重复下去，先生回家的时间越来越晚。我们僵持着，比陌路人还要尴尬。我是系在他心上的死结。

　　一次，我路过一家西餐厅，穿过透明的落地窗，我看见先生和一个年轻女孩面对面坐着，他轻轻地为女孩拢了拢头发，我就明白了一切。先是呆，然后我进了西餐厅，站在先生面前，死死盯着他看，眼里没有一滴泪。我什么也不想说，也无话可说。女孩看看我，看看我先生，站起来想走，我先生伸手按住她，然后，同样死死地，绝不示弱地看着我。我只能听见自己缓慢的心跳，一下一下跳动在濒临死亡般的苍白边缘。

　　输了的是我，如果再站下去，我会和肚子里的孩子一起倒下。

　　那一夜，先生没回家，他用这样的方式让我明白：随着婆婆的去世，我们的爱情也死了。

　　先生再也没有回来。有时，我下班回来，看见衣橱被动过了——先生回来拿一点自己的东西。我不想给他打电话，原先还有试图向他解释一番的念头，一切都彻底失去了。

　　我一个人生活，一个人去医院体检，每每看见有男人小心地扶着妻子去做体检，我的心便碎得不像样子。同事劝我打掉算了，我坚决说不，我发疯了一样要生下这个孩子，也算对婆婆的死的补偿吧。

　　我下班回来，先生坐在客厅里，满屋子烟雾弥漫，茶几上摆着一张纸。没必要看，我知道上面是什么内容。先生不在家的两个多月，我逐渐学会了平静。我看着他，摘下帽子，说："你等一下，我签字。"先生看着我，眼神复杂，和我一样。

　　我一边解大衣扣子一边在心里对自己说："不哭不哭……"眼睛很疼，但我不让它们流出眼泪。挂好大衣，先生的眼睛死死盯在我已隆起的肚子上。我笑笑，走过去，拖过那张纸，看也不看，签上自己的名字，推给他。"芦荻，你怀孕了？"自从婆婆出事后，这是先生第一次跟我说话。我再也管不住眼睛，眼泪"哗啦"地流下来。我说："是啊，不过没事，你可以走了。"

先生没走，黑暗里，我们对望着。先生慢慢趴在我身上，眼泪渗透了被子。而在我心里，很多东西已经很远了，远到即使我奔跑都拿不到了。不记得先生跟我说过多少遍"对不起"了，我也曾经以为自己会原谅。却不能，在西餐厅先生当着那个女孩的面，看我的冰冷的眼神，这辈子，我忘记不了。我们在彼此心上划下了深深的伤痕。我的，是无意的；他的，是刻意的。

期待冰释前嫌，但过去的已无法重来！

除了想起肚子里的孩子时心里是暖的，而对先生，我心冷如霜，不吃他买的任何东西，不要他的任何礼物，不跟他说话。从在那张纸上签字起，婚姻以及爱情统统在我的心里消亡。有时先生试图回卧室，他来，我就去客厅，先生只好睡回婆婆的房间。夜里，从先生的房间有时会传来轻微的呻吟，我一声不响。这是他习惯玩的伎俩，以前只要我不理他了，他就装病，我就会乖乖投降，关心他怎么了，他就一把抓住我哈哈大笑。他忘记了，那时，我会心疼是因为有爱情，现在，我们还有什么？

先生的呻吟断断续续持续到孩子出生。他几乎每天都在给孩子买东西，婴儿用品，儿童用品，以及孩子喜欢的书，一包包的，快把他的房间堆满了。

我知道他是用这样的方式感动我，而我已经不为所动。他只好关在房间里，用电脑"噼里啪啦"敲字，或许他正在网恋，但对我已经是无所谓的事了。

转年春末的一个深夜，剧烈的腹痛让我大喊一声，先生一个箭步冲进来，好像他根本就没脱衣服睡觉，为的就是等待这个时刻的到来。先生背起我就往楼下跑，拦车，一路上紧紧地攥着我的手，不停地给我擦掉额上的汗。到了医院，背起我就往产科跑。趴在他干瘦而温暖的背上，一个念头忽然闯进心里：这一生，谁还会像他这样疼爱我？

先生扶着产房的门，看着我进去，眼神暖融融的。我忍着阵痛对他笑了一下。从产房出来，先生望着我和儿子，眼睛湿湿地笑啊笑啊的。我摸了一下他的手。先生望着我，微笑，然后，缓慢而疲惫地软塌塌倒下去。我喊他的名字……先生笑着，没睁开疲惫的眼睛……我以为再也不会为先生流一滴泪，事实却是，从没有过如此剧烈的疼撕扯着我的身体。医生说，我先生的肝癌发现时已是晚期，他能坚持这么久是绝对的奇迹。我问医生什么时候发现的？医生说五个月前，然后安慰我："准备后事吧。"

我不顾护士的阻拦，回家，冲进先生的房间打开电脑，心一下子被疼窒息了。

先生的肝癌在五个月前就已发现，他的呻吟是真的，我居然还以为……

电脑上的20万字，是先生写给儿子的留言：

孩子，为了你，我一直在坚持，等看你一眼再倒下，是我现在最大的愿望……我知道，你的一生会有很多快乐或者挫折，如果我能够陪你经历这个成长历程，该是多么快乐，但爸爸没有这个机会了。爸爸在电脑上，把你一生可能遇到的问题一一地写下来，等你遇到这些问题时，可以参考爸爸的意见……孩子，写完这20多万字，我感觉像陪你经历了整个成长过程。真的，爸爸很快乐。好好爱你的妈妈，她很辛苦，是最爱你的人，也是我最爱的人……

从儿子去幼儿园到读小学，读中学，读大学，到工作以及爱情等方方面面，事无巨细都写到了。

先生也给我写了信：

亲爱的，娶了你是我一辈子最大的幸福，原谅我对你的伤害，原谅我隐瞒病情，因为我想让你有个好的心情等待孩子的出生……亲爱的，如果你哭了，说明你已经原谅我了，我就笑了，谢谢你一直爱我……这些礼物，我担心没有机会亲自送给孩子了，麻烦你每年替我送他几份礼物，包装盒子上都写着送礼物的日期……

回到医院，先生依旧在昏迷中。我把儿子抱过来，放在他身边，我说："你睁开眼笑一下，我要让儿子记住他在你怀抱里的温暖……"

先生艰难地睁开眼，微微地笑了一下。

儿子依偎在他怀里，舞动着粉色的小手。我"喀嚓喀嚓"按着相机的快门，泪水在脸上恣意地流淌……

世间有多少爱可以重来，不，没有多少可以重新来过，很多爱走了就不会再来。文中的故事记叙的就是爱走了，没有重来的机会。其实，事情本来可以向着好的方向去发展的，如果大家都可以相互理解和宽容的话。婆婆是个乡下人，过惯了勤俭的生活，看到什么浪费了就觉得可惜，或是买东西花钱贵了就说不值；媳妇是城里人，过惯了养尊处优的生活，要买的东西当然是时尚的，在婆婆看来又不中用，白浪费了钱，东西好的花钱多的，都成了矛盾的焦点。所以，两人的生活习惯，生活观念都大相径庭，误会和矛盾往

往就避免不了。若此时，"我"能多放下自尊多解释些，婆婆也能进行一下换位思考，丈夫能够在两者之间进行协调，事情不至于发展到后来的结局。然而，因为大家的不冷静，让原本充满了爱的家庭失去了亲情和爱情。所以，当你深爱着一个人的时候，就包容他或她的一切，做到爱屋及乌，亲情和爱情会更圆满。

第六辑
有一种情叫相依为命

　　两情相悦需要更多的宽容和理解，爱情如鲜花需时时浇灌，才有百日芬芳。就像亚当和夏娃，是因为夏娃源自亚当的一根肋骨，因为彼此骨肉相连，所以才能有天长地久。彼此相容，夫妻才有和谐，每个人寻找自己的真爱，只是源于爱情的本能。

他认为最好的方式就是感染身边每一个认识的人，用平凡生活中的一个个小闪光点告诉人们："从责任到行动，只差一步。"

一封感谢信"泄露"感人故事

大学生马霄主动请缨参与雪灾抢险

"他与我们电力员工一起在冰雪凝冻、零下几度的天气中并肩作战，参加了玉屏县亚鱼乡供电线路及变电设备的抢修，直到整个抢修任务圆满完成。"

新学期开学后，华南理工大学收到了一封来自贵州省铜仁供电局的感谢信，信中说："在参加我局抢险救灾保电过程中，马霄同学充分发扬了'特别能吃苦，特别能战斗'的奉献精神，让我们深深感受到贵校培养的新时代大学生的风采。"

在信中被表扬的04级电气（3）班学生马霄，并没有把在寒假中参与抢险的事情告诉老师和同学。

事情在校园里传开后，马霄不好意思起来。他说，其实只是帮忙做了一些体力活儿，没有去接导线，自己还不够资格呢。"参与此次抢险的收获很大，学会了思考人生，懂得了要如何做职业规划。"

马霄家在贵州省铜仁市，是今年1月中旬以来遭受冰雪灾害最严重的地区之一。1月25日，铜仁地区全线停电，道路积了一尺多厚的冰雪，中小学校滞留了大量无法回家的学生。为了给学生烤火取暖，一些学校把桌椅劈开当柴烧。马霄的家在学校里，看着那些燃起的火堆，他心里很不是滋味。

由于主攻电气专业，马霄特别关心电力方面的灾情。了解到当地电网在恶劣天气下几乎崩裂，抢修人手极度紧缺，加上道路多处冰封，省外援兵难以及时赶到，他心急如焚，径直来到当地供电局："请让我跟你们一起上前线！"

这一举动让供电局的人吓了一跳："你还只是一名学生，抢险救灾不是你想象中的那么简单。"马霄相信自己经过三年多的学习，已具备一定的专业知识。他说："多一个人多一份力，我有能力做好。"由于马霄此前在铜仁供电局实习过，他拨通了供电局局长的手机，希望能开个"后门"。马霄还极力说服了持反对意见的师长、妈妈，走进了电力维修工人的队列。

运载抢修队伍的汽车花了4个小时才走完平时只需半小时的路程，到达已停电6天的万山特区。一下车，现场热火朝天的抢险氛围立即感染了马霄。"万众一心，众志成城！"马霄说，以前只把这句话当口号，但在这种特殊环境下就是一种真实。

马霄从来没有见过那么大的雪，缺乏雪地行走经验的他，只穿了一双平底球鞋，一步一滑，摔了不知多少跟头。"既然来了，就要干下去！"他干脆把手套脱下来套到鞋子上，全力以赴投入到抬设备、运物资的工作中。

覆冰已把支撑电线的铁架压断。由于地势多山，绝大部分设备必须靠人力抬运。而清理横七竖八挂在塔架周围的断裂电线，成为一个重要工作。这些电线原本仅有两厘米粗，但覆冰让它们粗了数倍。马霄与电力员工们一起，赤手搬抬这些电线。

有一次，沉重的架塔忽然向一边倾倒，另一边的电线瞬间高高

翘起，有个工人已被电线带起，双脚腾空，非常危险。马霄与同事们焦急万分，拼尽全力拉回电线，终于化解了险情。

有时候到下午四五点，才能吃上中午饭，大家就着树上的冰，吃着冰冷的盒饭，然后打着射灯干到深夜，第二天7点又准时集合。马霄回忆，每天都是这样过的，但没有一个人喊累叫苦。

"这些事情，坐在火炉边看的人也许会觉得很辛苦，但只有亲身经历的人才知道到底有多辛苦。"马霄告诉记者说，在抢修前线一周，印象最深刻的是那些抢险职工、青年党员突击队员们的忘我拼搏。

抢修工作告一段落后，马霄回到了家里，虽然疲劳，却依然闲不下来。他注意到由于当地多山，道路大面积结冰，给人们出行造成了极大的困难。他开始给每一个中学同学打电话，召集大家一同外出铲雪开路。

十个同学被他感动了。第二天一大早，他们带上铲子、工业盐，到结冰严重的马路上去奋力铲除冰雪，直至夜幕降临。一连数天，直至冰雪消融。一群默不作声铲雪的年轻人，并没有引起路人的注意，只有一位路过的老奶奶拉住他们的手说了一句"谢谢"，让他们高兴了一番。

一天的工作结束后，他们还爱躲在一旁悄悄观察一阵子。看到大家走着自己铲开的路，马霄和同学们觉得好高兴。

读大学三年半，马霄一直担任班上的生活委员。他认为这对于培养自己的责任感有很大帮助。"作为一名大学生，做一个有社会责任感的人非常重要。"马霄的老师告诉记者，马霄是一个懂得关心他人的学生，喜欢默默地做好事，哪怕不被理解、不被注意也不介意。

经过这个寒假，马霄觉得自己比以前更成熟了。他将来的计划是号召更多的同学，主动慰问和帮助有困难的人。他说："大学生是一个很大的群体，可以为带动社会良好风气发挥很大作用。"

如今，马霄已开始行动了：动员全家人一起去养老院帮助孤寡老人，拉上全宿舍同学去聋哑学校陪孩子们做游戏。他认为最好的方式就是感染身边每一个认识的人，用平凡生活中的一个个小闪光点告诉人们："从责任到行动，只差一步。"

感恩寄语

马霄是华南理工大学04级电器（3）班的学生，在寒假期间，参加了家乡的冰雪抢险，但是他并没有宣扬自己，直到学校收到当地供电局写来的感谢信，事迹才在校园传开。信中说："在参加我局抢险救灾保电过程中，马霄同学充分发扬了'特别能吃苦，特别能战斗'的奉献精神，让我们深深感受到贵校培养的新时代大学生的风采。"而马霄也觉得参加了这次抢险救灾，"收获很大，学会了思考人生，懂得了要如何做职业规划"。

温家宝总理说："事不避难，勇于担当。"2008年，我国遇到了空前雪灾，抢险救灾是每个人义不容辞的责任。在灾难面前，作为当代的大学生，马霄身上充分体现了高度的社会责任感和勇于担当的精神。青年要自立自强，这是时代的要求。"少年智则国智，少年富则国富，少年强则国强。"青年，是国家的希望，是国家建设的栋梁，因此，青年要勇敢地面对一切，成为堪当重任的一代。

我们既然不和生命的长流分离，我们就已经满足了。我们既然不能有一个像样的房子，就让我们尽心尽情地爱这个只有一个房间的家吧！

一间房的家

子 敏

家庭，是自己和家人栖息的一个地方，也是人生旅程上的安息所。

——肯楠

窗户外面是世界，窗户里面是家，我们的家只有一个房间。我们的房间有两道墙。

第一道是板墙，上面裱着一层淡红色的花纸，那是特为我们的洞房花烛夜布置的。

这一层墙纸虽然已经褪了色，但是它曾经映过花烛的金光，使房间比独身时代显得温暖。第二道墙是家具排列成的圆形阵地：床、衣架、缝纫机、茶几、藤椅、柜子、书架。房间的中央是我们的广场，二尺见方。我们不能每天在家里老站着或老坐着，我们要走走，走动的时候就专靠这一片二尺见方的广场。

下班以后，我们从街上走回来，我们走过一座一座的建筑物，然后拿钥匙，开了锁，推门一看，每次我们都觉得家这么小！我们站在广场的中央，广场已经满了。

　　我们费过很多心血来布置这个房间，对待这个房间好像对待一个孤儿，既然它在这个世界上是这么凄苦可怜，那么就只好用我们的一点热情来补救它一切的缺憾。我们在窗户格子上添一层绿油漆，窗玻璃上贴着雪白的窗纸，多买镜框，挂几张彩色鲜艳的生活杂志插图。我们花三百多块钱给它钉一个全新的天花板。总之，我们尽我们的力，尽我们的钱，来装扮它，我们像贫寒家庭的父母，因为不能供给自己的儿女享受童年应当的衣饰和欢乐，就竭诚献出他们所能有的爱！

　　我们并肩环顾这个五光十色的小房间，觉得它装扮得过分，但是值得怜爱。就只有这么一间了，能多疼它一点就多疼它一点吧，溺爱也不再算是过分了。新婚之夜，我们听到邻居在炒菜，胡同里两部三轮车在争路，宿舍里的同事在谈论电影、宴会、牌局和人生。我们惨淡地笑一笑，知道房子太小，环境太闹，此后将永远不能获得我们梦寐中祈求的家的温馨和宁静，但是没有怨恨。即使它只是一个小小的薄纸盒子，我们两个人总算能够在一起了。

　　我们要做饭，就在公共宿舍的篱笆旁边搭了一个更小的厨房，像路边卖馄饨的小摊子。我们在那边做饭，端到卧室来吃，这样就解决了生活问题。我们有钱的时候，买两根腊肠，几块钱叉烧，在煤油炉上热一热，就放在书桌上相对细嚼。我们在闹声里找到只有我们两个人感觉得到的安静，我们的耳朵也学会了关门。

　　下雨天，她到厨房去的时候，我心里有送她出门的感觉。我打开窗户，可以看到她淋雨冲进厨房，孤独地在那里生火做饭。雨水沿着窗户格子往下滴，我的视线也模糊了，我想过去陪陪她，但是厨房太小，容不下我进去切菜。我在屋里写稿，等着等着，等她端着菜盘冒雨回到我们的家。她的衣服湿了，脸上挂着雨珠。总有一

天，我们会有一个像家一样的房子的，那时候她就不会再淋雨了。这个日子也许还很远，但是我看见她擦去脸上的雨珠，仍然在微笑，我就有耐心去等候那个日子。

我们的房间在宿舍的大门边，隔着板墙是公家的厕所，窗下又是别人的过道。

我们夜里常常被重重的开门声惊醒，有时也为头上频频的脚步声而不能合眼，但是一想到我们的誓言：即使过一生贫贱的日子也不气馁。于是我们把手握在一起，不让哪一个人发出一声叹息。

最感激的是朋友们并没有把我们忘记，常常到这个小房间来探望。他们虽然只能贴墙挤在一只藤椅里坐着，但是都有了对我们这个家的尊重。朋友们高兴我们已经建立了家，没有人计较它建立在多大的房子里。我们换衣服的时候，就把朋友留在门外。我们有一个人午睡的时候，就把朋友请在厨房里坐。但是我们一样邀朋友度过周末，虽然吃饭的时候四方桌在小房间里堵住我们的胸口，拥挤得像一口小锅里炖四只鸭，我们仍然不肯让快乐从我们中间溜走。

我们夜里看到万家灯火，看到一个一个发出光明的窗户。我们把它们比作地上的星星。

我们知道我们这个只有一个房间的家，夜里也有灯光，我们的窗户也会发出光明，成为星群里的一个。这对我们是一种无上的鼓舞！

我们既然不和生命的长流分离，我们就已经满足了。我们既然不能有一个像样的房子，就让我们尽心尽情地爱这个只有一个房间的家吧！

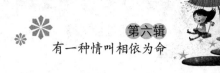

感恩寄语

　　爱，不在于家的大小；如果有爱，即使房间再小，情感也照样温馨。如果没有爱，即使房间再大，爱情也照样没有立身之地。只要有爱的地方就是家，作者的家从结婚到现在，都只是个斗室，但是，他们倾注了所有的爱和细心，精心地打扮它，甚至像对待一个孤儿那么疼爱它，竭诚地现出了他们所有的爱，尽管没有豪华的装修。有了爱，任何廉价的东西都变得价值连城，虽然所谓的厨房只能容下一个人周转，但看到妻子烧饭炒菜的背影，快乐变成作者幸福的音符，随着笔记录在稿纸上。斗室虽小，但转身遇到爱，又何陋之有呢？彼此一个眼神，就心有灵犀，小又何碍呢？无论怎么简陋，浓厚的感情不会因此而褪色。家，给我们温暖，是心灵的栖息地。知足者长乐，就像作者说的，我们既然不能有一个像样的房子，就让我们尽心尽情地爱这个只有一个房间的家吧！

一个人的成功源自努力、天赋、机遇，但也离不开社会对他的帮助。当你取得成功时，不要忘记，这个社会也对你的成功起到过很大的作用。当你感恩社会、回报社会时，这个社会也必然会回馈给你更多。所以说，时刻装着一颗感恩的心，不仅会给他人，也会给自己带来意想不到的好处。

5元钱的成本

在很多年前，一个中国青年随着"闯南洋"的大军来到马来西亚。当他站在这片土地上时，兜里只剩下5元钱。为了生存，他在种植园里割过橡胶，采过香蕉，在餐馆中端过盘子，倒过垃圾……谁也不会想到，这个两手空空的年轻人在50年后居然成为一位亿万富翁。他就是马来西亚"钢铁大王"谢英福。

为什么谢英福能够取得这么大的成功？有人做了分析，发现他与常人唯一的区别可能是他敢于冒险。他可以在赚到10万元的时候，把这10万元全部投入到新的行业当中。但还有一点更为重要，他一直保持着一颗平常心和感恩的心。

当时，马来西亚有一家国营钢铁厂经营不景气，亏损高达1.5亿元。时任马来西亚首相的马哈蒂尔请谢英福担任公司总裁，并设法挽救该厂。在别人看来，担任这么个厂子的总裁是一个错误的决定，这样一个巨大的洞，无法用金钱填平，但谢英福却爽快地答应了。问其原因，谢英福回答说："当年来到马来西亚时，我口袋里只有5元钱，这个国家令我成功，现在是我报效国家的时候。如果我失败了，就等于损失了5元钱。"

于是，年近六旬的谢英福从豪华别墅里搬了出来，来到钢铁厂，在一个简陋的宿舍办公，他象征性的工资是马来西亚币1元。3年过去了，在他和全厂职工的努力下，企业起死回生了，并且还盈利1.3亿元，谢英福成为了东南亚钢铁巨头。面对成功，他笑着说："我只是检回了我的5元钱。"

一个人的成功源自努力、天赋、机遇，但也离不开社会对他的帮助。当你取得成功时，不要忘记，这个社会也对你的成功起到过很大的作用。当你感恩社会、回报社会时，这个社会也必然会回馈给你更多。所以说，时刻装着一颗感恩的心，不仅会给他人，也会给自己带来意想不到的好处。

 **感恩寄语**

人生道路，曲折坎坷，不知有多少艰难险阻，甚至遭遇挫折和失败。在危困时刻，有人向你伸出温暖的双手，解除你生活的困顿；有人为你指点迷津，让你明确前进的方向；甚至有人用肩膀、身躯把你擎起来，让你攀上人生的高峰……你最终战胜了苦难，扬帆远航，驶向光明幸福的彼岸。那么，你能不心存感激吗？你能不思回报吗？感恩的关键在于回报意识。回报，就是对哺育、培养、教导、指引、帮助、支持乃至救护自己的人心存感激，并通过自己十倍、百倍的付出，用实际行动予以报答。

同学们，我们要学会感恩，感恩父母、感恩老师、感恩社会、感恩……感恩那些曾经帮助过我们的人，让我们的社会变得更加美好。

> 所有的中国人都远去了，只有她留在这伦敦的风中。这时，我真切地感受到了，她那手机里发出的国歌声，在她的生命中是多么重要！

异乡的国歌声

那天，我们先是去了格林尼治天文台。回来的路上，转弯到一家叫"金筷子"的中餐馆吃午饭。

一路上我们都是在中餐馆用餐，都是五菜一汤。这是导游安排的结果。虽然人在欧洲，仿佛依然吃在福建。中餐馆的老板大多和我们在国内见到的餐馆老板并无二样，脸上油腻，身子肥肥的。我们还碰到一个福建长乐的老乡，为了表示对我们的欢迎，他不加菜，却加了若干"段子"，逗得我们喷饭。

"金筷子"是一个女老板，三十五六岁模样，齐耳短发，头发柔柔的；脸不大，眼睛却特别大，那眼睛弥漫着伦敦的雾，有点儿迷惘，有点儿忧伤。她穿着黑长裙，白汗衫，素素的。和平常用餐没有什么两样，她先是为我们上了茶，接着上饭上菜了。

边吃饭边聊天。三句话不离本行，我们聊起了写《哈利·波特》的伦敦女作家罗琳。这时，女老板凑过来问了："你们几个，是什么团呀？"我们告诉她是出版方面的。她"哦"了一声，分别为我们面前的小碗盛了汤，说："罗琳先前也常到这里吃饭。她本来也没有什么钱，为了带好小孩，动了给孩子写故事的念头，一写就成功，现在名声大了。"她似乎对我们是搞出版的来了兴致，话稍多了几句，淡淡地说："我在出版社的大院里长大，继父在那儿当美编，他叫李××。"

我说："是他呀，还是一个名人。常买他们图书的人，肯定知道李先生。"这似乎有点儿出乎她的意料："是吗？他还这么有名呀！"我仔细瞧了她一眼，她说不上漂亮，然而有一种气质在，是那种有一定文化层次的未婚大龄女性所特有的气质，有点儿冷，有点儿无奈，仿佛还有点儿渴求。

这时，突然响起了中华人民共和国的国歌声。我们几个全都抬起了头，先是对视一眼，接着就寻找声音发自何处。在伦敦，还能听到我们的国歌？原来，是从女老板的口袋里发出的声音——是她的手机响了。她的手机铃声设置为我们的国歌！她到一旁接电话了。

在国内每天听这支歌，可从来没有像今天这样具有如此特殊的震撼力。这音乐，强烈地撞击着我的心灵。一时间，我们几个都沉默不语了。

接完电话，她过来又为我们每人加了一小碗汤。我们问，你的手机中怎么会有国歌声呢？她说："想家，特地灌进去的。"

我品味着她的"想家"二字，还品味着"金筷子"这个店名。筷子，是中国才有的，"筷子"却是"金"的！中国的筷子，在她心中有多大的分量啊！

过了一会儿，我问："最近有没有回国内看看？"她说："去年春节回北京了，什么人也没找，3天都打着车在街上转……"

北京，是她长大的地方，有同学、亲人、熟人，她却谁也没见。也许，她的爱遗失在北京的某个公园，遗失在依然款款而流的水中？

还是她打破了沉默："我给你们加一道菜吧。"一会儿，她送来了一盘青菜，这是我们欧行路上唯一的一次加菜，虽然只是一盘青菜。

我们走了。女老板把我们送到门外，神情恋恋的，又把我们送到了停车场。

起风了，我们要上车了，请她回去。她说："一路上要多加小心啊，过马路要小心啊。英国的方向盘在右边，和国内的不一样，过马路要先往右边看，不是像国内那样朝左边看啊！"她的语气，像母亲送孩子上学，像妻子送爱人远行……她是一个多么善感的人啊，我们点着头，却什么也没说，用眼神和笑容向她告别。这时，她的手机又响了……

所有的中国人都远去了，只有她留在这伦敦的风中。这时，我真切地感受到了，她那手机里发出的国歌声，在她的生命中是多么重要！

要问一个人的心中，哪一首旋律最触动心灵的深处，不同的人一定有不同的回答，但在异国他乡的游子，我想，他们一定觉得，国歌是心灵里最动人的旋律。在英国一家中国餐馆的老板，把国歌当作铃声下载到自己的手机上，每次接听电话之前，都会重温一遍国歌的旋律，给想家的孤独之心一个暖暖的慰藉。不要说国歌对异地的游子，就是离开国门到异地游历的"我们"，在别人的国土上听到这支曲子时，也是被深深地感动的，因为这支曲子已经深深地镌刻在每个炎黄子孙的灵魂深处。不管在何时何地，只要曲子响起，我们都有一个共同的体验，那就是深爱着我们的祖国。餐馆的老板是个北京人，但是，当她回到北京时，那么多的熟人朋友不想，就想看遍整个北京，她深深地爱着这片生她养她的土地。"羁鸟恋旧林，池鱼思故渊"，那是绿叶对根的情谊。不管我们走到哪里，思念故国，是永远最高亢的旋律。

结果，从那遥远的年代起，人出于本能一直在寻找自己的另一半，找呀找呀，有时要找上一辈子……

应该学会怎样爱

[俄罗斯]阿·库茨涅传　　李定　　译

阿维森纳（伊本·西拿）是一千多年前生活在中东的阿拉伯医学家、哲学家、自然科学家和文学家。有一次他应召进入王宫为国王的宠侄治病。对于王侄的病，宫内御医使尽了浑身功夫也不见起色，于是只好求助于医道高明的阿维森纳。阿维森纳按住病人的手，一号脉就提出要一个熟悉京城情况的人来当助手。城里还真有这样一位。来人遵嘱开始依次数说全城的大街小巷。在说到某一地名时，阿维森纳察觉到病人的脉有力地搏动了一下，他吩咐说："现在挨个说出这条街上的每个居民的姓名。"在一连串人名中提到一个姑娘的名字时，王侄的脉搏又加快了。阿维森纳诊断说："这个年轻人相思成疾，再好的药也莫过于让他同所爱的姑娘结婚，要不然他会因过于抑郁悲伤而不久于人世。"国王此时已别无选择，便当即择定了婚期。说也奇怪，重病的王侄听了这一喜讯很快就康复了。对于阿维森纳的绝招，王宫里的御医个个佩服得五体投地。

的确，爱情能给人无与伦比的幸福，但它也会把人引向痛苦的深渊。爱情是一种复杂而充满矛盾的感情，它往往会从一个极端滑向另一个极端，它可以表现为自我牺牲、忠贞不渝、两情缱绻和同

居的欢乐，它也可以使人疑神疑鬼、妒忌误解、心灰意冷或与旧日的情人纠缠不休。

爱情中的矛盾孕育于情窦初开的时候。情人眼里出西施，所见所闻都是心上人的闪光点，缺点似乎微不足道。恋爱的究竟是现实的人，还是自己大脑所虚构的形象，这恐怕是很难分辨的。当然与此同时，爱情确也有其他感情所无法企及的、非凡的洞察力。恋人能发现对象自己都不曾意识到的蕴藏在性格和心灵中的高尚品质。

爱意味着理解。热恋中的人，特别是女青年，对于情侣不需言传就能意会的本事往往感到诧异，有时自己还很模糊的愿望，对方却能一下子猜中。这正是爱情的先见之明，它使人情愫相通，心心相印。

不言而喻，婚后爱情会有不少内忧外患。最大的暗礁就在于激情蜕变为呆板的习惯，爱情失去其原有的光彩。以容貌和仪表为例，不久以前曾使情人如此动情和倾倒，然而在后来的生活中就并不觉得有什么特别的魅力。

婚后若不给爱情之花以营养，感情也就容易发生蜕变；只有常常浇灌，爱情才不会随岁月的流逝而逊色，不会变成乏味的履行义务。它会悄悄地改变自己的表现形式，变得情意专注。这是旧情的延续，是更为深沉和执着的爱情。

据古老的神话传说，夏娃并不是亚当的第一个妻子。一开始上帝耶和华曾为亚当用火造了一个美女。亚当是上帝用泥土造的，这个美女与他气味不投，无法共同生活下去，她便离开了亚当。上帝见亚当终日愁眉不展，便决定再为他造一个合适的女伴。耶和华抽取亚当的一根肋骨（即是用同样的材料）造出了夏娃。这个"骨肉相依"的女人就成了亚当最忠实的生活伴侣。

这段神话已提示人们：稳固的爱情取决于男女双方的同一性，这种同一性在心理学上被称为相容性。大部分家庭冲突的一条重要原因就是缺乏"心灵上的一致"。

当然不能把"相容"理解为两个人毫无二致。重要的是生活目标的一致，有共同的价值观念，有相应的文化水平。比如说，两个极端自私的人未必能相容，他们自顾追求个人的特权，谁都想占上风而不肯让步，夫妻反目也就在所难免，气度恢宏者与小肚鸡肠者、满腔热忱者与落落寡合者结为夫妻，日子也不会过得很顺利。

爱上一个不相容者是完全可能的，但是能使爱情地久天长的只有相容的夫妻。在共同的天性中有着共同的生活需要。夫妻之间某些局部的不一致，以及作为这种不一致的结果而出现的一段时间的冷淡都会存在，但是只要真情在，有维持家庭的愿望，这种不一致并不会导致家庭危机。

有一个快被人们忘却了的古老传说。其中讲到在很久很久以前，人完全不是现在这个样子。当时世界上并无男女之分，当然也没有家庭问题和夫妻冲突。那时生活和繁衍的是两性人。这种男女同体的人个个长相俊美，又聪慧又仁慈，而且都有回天之力。有一次主神宙斯发现了这些两性人，生怕他们的力气愈来愈大，有朝一日会威胁天上诸神的安全，宙斯便把这些大力士都劈成两半，搅乱之后撒到世界各个角落。

结果，从那遥远的年代起，人出于本能一直在寻找自己的另一半，找呀找呀，有时要找上一辈子……

 **感恩寄语**

人只有找到自己生命中的另一半才会感到生命的完整，因为那

身体和心灵本属于彼此，是谁也不能将其分开的能量让彼此吸引，合二为一。为了爱情，可以牺牲自我，忠贞不渝，而爱情更需要理解、耐心和宽容。原本独立的个体结合在一起，需要太长时间进行磨合和适应，在这个过程中，如果用力过大，过于激烈，就会伤及彼此；如果心存怠慢，麻木不仁，就会让彼此冷淡。爱情需要恰到好处的力道和分寸。

两情相悦需要更多的宽容和理解，爱情如鲜花需时时浇灌，才有百日芬芳。就像亚当和夏娃，是因为夏娃源自亚当的一根肋骨，因为彼此骨肉相连，所以才能有天长地久。彼此相容，夫妻才有和谐，每个人寻找自己的真爱，只是源于爱情的本能。

人们都说，血浓于水，然而，比血更浓的，却是这种生死相依的亲情。有一种情，叫相依为命，它离幸福最近，且不会破碎，那是一种天长地久的相互渗透，是一种融入彼此生命的温暖。

有一种情叫相依为命

萧　音

一

第一次见到良子哥的时候，他12岁，我9岁，他上四年级，我上二年级。他的个子比我高出整整一头，脏兮兮的样子让人看了极不舒服。

良子哥喊我妹妹，我却不喊他哥哥，我喊他的名字李国良，或是干脆叫他"哎"，在我心里，他只不过是我家收留的一个无家可归的人而已。

我父亲当时是村上的民兵连长。1982年，村上搞联产承包，父亲和母亲一起承包了村南的一片苹果园，父亲能干，又懂技术，我们家苹果的产量比一般人家的都高，日子过得在村上数一数二。

然而，好景不长。1984年夏天，父亲从果园锄草回来，到村西的河里洗澡，一个猛子扎下去就再也没能上来。后来，家里的一个远房亲戚给母亲介绍了继父。继父家里很穷，好不轻易讨上媳妇，媳妇却因为忍受不了贫穷跟一个倒卖粮食的外省人跑了。于是，从那天起，继父和他的儿子开始了艰难的生活。

因为苹果园里缺人，父亲过世后的第二个月，继父便来到我们家，我和母亲住东屋，继父和良子哥住西屋。

继父是个很能吃苦的汉子，整天泡在果园里，晚上也不回家。

母亲忙得有时顾不过来，便给我们俩每人五毛钱，在学校的小卖部里买烧饼吃。小卖部的烧饼是老板从镇上买来的，有时当天卖不了隔一夜便馊了，老板心黑，把前一天放馊的烧饼混在当天进来的新烧饼中一起卖。因为经常买到馊烧饼，后来良子哥便干脆学着做饭，刚开始时，他经常做煳，即便他把不煳的饭菜给我吃，自己吃煳的，我也不愿意理他。

学校离家里有三里多远，要翻过一座山梁，山上到处都是郁郁葱葱的树木和半人高的蒿草，有时还会听到不远处的狼叫。母亲不放心，让我和良子哥一起上学，并嘱咐良子哥照看好我。我不愿让同学们笑话良子哥的那张黑脸，良子哥第一次帮我背书包时，我狠狠地甩开了他，自顾自地向前走。所以，每次上学我们两个经常保持着十几米的距离。

二

夏日的一天，放了学我做完值日，同村的人早回家了，我和良子哥背着书包一前一后地往家走。走到半路上，天忽然暗了下来，云层很低，黑压压的，连不远处的村子都看不见了。一直跟在我身后的良子哥，忽然跑上来拉起我的手往家的方向跑，我吓得不知所措，只得深一脚浅一脚地跟着他跑。

刚跑了十几米，天上忽然掉下冰雹来，先是玉米粒大小的冰雹稀稀拉拉地落下来，眨眼间，变成了鹌鹑蛋那么大，良子哥一把把我推到路边的岩石下，两手抱着头，下巴抵着我的脑袋，整个身子压在我的身上。这样过了足有十分钟，天空才渐渐有了亮光。冰雹过后，只剩下雨，我从良子哥的身子下挣扎着站起来，看到地上到处都是冰雹，足有十多厘米厚，我推了推良子哥，这才发现他的上衣背后都是血，血水混着雨水不停地从脑袋上往下淌。良子哥蜷缩在地上，紧皱着眉头，牙齿不停地打着架。

我不知所措，吓得站在雨中哇哇大哭。

不一会儿，母亲披着一条麻袋赶来了，一见良子哥的样子，母亲一把将自己的上衣扯下一大块，手忙脚乱地缠到良子哥头上，然后将麻袋搭在他身上，蹲下身背起良子哥就往镇上跑。

四五里的山路，到处都是冰雹，母亲背着和她个头差不多的良子哥，一口气跑到了镇上的医院，路上鞋跑丢了都没有发觉。

母亲的老寒腿便是那时落下的，直到现在，每逢阴天下雨，母亲便不时用拳头去捶自己的膝盖。后来，每每说起那天的事，良子哥的眼圈都红红的。

那一年的冰雹，把方圆几公里的庄稼全毁了。瞅着园子里被冰雹打折的树干和落了一地的青果，继父只得把果园重新修理了一下，在树档间种上了黄豆。

1990年，我15岁，苹果园里的承包合同到期了，有人给村长送了礼，加之继父是外来户，村里便把果园包给了别人。继父气得几天吃不下东西，那段时间，夜里经常听到继父和母亲的叹息声。没有了果园，继父从集市上买了几只羊，一边种地一边放羊，日子虽不如从前宽裕，但也能凑合。

1991年冬天，继父在后山上放羊，不小心摔了一跤，把胳膊摔折了。到县城的医院拍CT时，竟然在继父胳膊骨折处发现了癌细胞，医生说这种病是因为长期接触农药感染造成的。想到那些年继父天天背着药桶给苹果树喷药，有时天热连衬衫都不穿时，母亲追

悔莫及。医生给继父做了手术，把胳膊上那段病变的坏骨头锯掉，然后，抽了一根肋骨接上，但手术并没有留住继父离去的脚步，第二年麦收时，继父还是离开了我们。

继父的死，让我的心一下子空了许多。我很清楚，继父的病把家里的积蓄都用光了，以现在的家境，母亲肯定无力供我们两个人同时读书。而良子哥马上面临高考，我担心一旦他考上大学，母亲肯定会让我退学的，我很了解母亲，这样的决定，她做得出来。

然而，事实并没有向我想象的方向发展。高考后的第二天，良子哥给母亲留下一封信便去了省城打工。在信中他说，参加高考只是想印证一下自己的实力；没有了父亲，自己有责任支撑起这个家。他还说，妹妹，你一定要好好读书，哥就是砸锅卖铁也要供你上完大学……

良子哥的高考成绩比录取分数线高出16分，分数下来的那段时间，母亲发疯似的到处打听良子哥的去向，还专门坐车去了省城，跑遍了省城所有的建筑工地，仍然没能找到他。最终，这一切成了母亲后半生永远的愧疚。

三

1993年秋天，我如愿以偿地被南开大学录取。

初冬的一天中午，我从图书馆看书回来，同宿舍的人说母亲托一个老乡给我捎来了过冬的衣服。打开包袱，里面是一条毛裤和一件崭新的羽绒服，摸着那件羽绒服，睡在我上铺的杜梅惊呼道："哎，我说淑敏，你妈可真舍得给你花钱啊，这羽绒服还真是羽绒的哩！"我问送衣服的人呢，她们说已经走了。我听了，良久无语。我知道，这羽绒服肯定是良子哥买的，当时，羽绒服刚刚时兴，价格非常贵，别说是学生，就是一般上班的人穿这东西也非常少。杜梅说，你老乡一来就问这问那的，看样子挺关心你的。我说，那不是我老乡，是我哥。她说，那他干吗要说是你老乡呢？我咬了一下唇，眼泪涌了上来。

我在天津读书的第二年，良子哥和本村的一个姑娘结了婚，生下了侄子小强。毕业后，我分到了县城，也结了婚，有了孩子，良子哥则在离我不远的一家工地上打工。

2004年初冬的一天，我正在单位整理报表，忽然接到嫂子打来的电话，嫂子哭着告诉我，良子哥在给新盖的大楼外墙刷漆时，拴脚手架的铁丝脱了钩，良子哥和另一名工人从三楼高的架子上掉了下来，这会儿正在送往第三人民医院的途中。

我扔掉手中的东西，奔出门打车往第三医院赶，在急诊室门口撞见同村的两个人，他们正从车上往下抬良子哥，良子哥的嘴角上、脸上、身上到处是血，我抓住他的手，一边喊着哥一边呜呜地哭。听到我的喊声，良子哥努力睁开眼，喃喃地说了一句："妹妹，哥要是有个三长两短的，娘和你侄就交给你了！"我颤抖着嘴唇，说不出话来，任泪水在脸上肆意流淌。

良子哥摔折了左腿和两根肋骨，其中一根肋骨插进了肺里，手术进行了6个多小时，我一直站在门外，心乱如麻。当医生走出来告诉我病人已脱离危险时，我忽然两脚一软，跌坐在地上。

在此之前，我从来没有想过，这个和我没有一点血缘关系的人，在我生命里竟是如此重要。那一刻，我忽然知道了，18年前的那个夏日，当他用身体挡住向我袭来的冰雹时，我的生命便注定与他再难割舍。

人们都说，血浓于水，然而，比血更浓的，却是这种生死相依的亲情。有一种情，叫相依为命，它离幸福最近，且不会破碎，那

是一种天长地久的相互渗透，是一种融入彼此生命的温暖。

感恩寄语

亲情，让人想到有血缘关系的一家人，但是，情到深处时，没有血缘关系的人，也照样有相依为命的亲情。"我"和良子哥本是两个毫无血缘关系的孩子，但是，命运的坎坷却让我俩成了一家人。他护送着"我"去学校读书，为"我"做饭。在生命攸关的危险时刻，挺身而出，替"我"遮挡住了冰雹，而他自己差点丢了性命。直到后来，他自己丢下了学业，独自打工支撑起了这个家。当哥哥在打工时从高楼上摔下来的时候，命运已经给"我"诠释了什么叫相依为命。本来素不相识，是命运让"我们"成为一家人，谁说，血浓于水？谁说情不可以超出血缘的限制？亲情有多种，能以生命相托的亲情才是至上的。生活中有多少亲情经不住金钱的挑拨离间，有多少亲情在危险来临时裂开焊缝，唯有珍视亲情，甘愿为亲情付出的人才能理解透亲情的含义。让我们珍视亲情，用感恩之心对待亲人吧。

她感觉每存进一笔钱，就存进了一份爱。三年多后的这天，她终于可以将这张装着爱的银行卡交到堂弟的手里……

装满爱的银行卡

凡　娘

她10岁时母亲因病去世，13岁时开长途货车的父亲在一场车祸中丧生。从此，她跟着二叔一家生活。

她是懂事的女孩，学习成绩不错，待人有礼貌，每天尽可能帮婶婶做家务，辅导堂弟学习，绝不给大人添一点儿麻烦。

日子一天天过去，18岁那年，她终于如愿以偿考上心仪的大学。可拿到录取通知书后，她突然对二叔说："我不想去上大学了，想尽快找份事情做。"二叔家并不富裕，开出租车的二叔一个月只有1000多元收入，婶婶是做家政的，月收入也就五六百元，要供她和堂弟两人吃穿上学，日子过得紧巴巴的。她想，自己若上大学，光学费就是一笔巨大的支出，叔叔婶婶养她五年，这已让她感激不尽，怎么能再给他们增加负担呢？

二叔听到她的决定后吃了一惊："人家想考还考不上呢，你考上了却不读！哪有这样的道理？"见她沉默不语，二叔笑了："你是不是怕我们拿不出你上大学的费用？钱的问题，你不用操心。你父亲出车祸后，人家给了6万元补偿费。那也算是你爸妈给你留下的一笔遗产吧。这笔钱一直由我们保存着，一分钱也没动，专供你上大学用。"

"真的？"她一阵惊喜，用探询的目光看着婶婶。

婶婶看看二叔，点了点头。

二叔还拿出银行卡来让她看，说所有的钱都存在里面。

她悬挂很久的心彻底放下了，她又恢复了以往的自信。

前往大学报到时，二叔为她办了一张银行卡，说好每个月按时往卡里给她打入生活费。

一开始，她在大学的生活过得很节俭，她把自己每月的消费定在400元以内。她认真算了一笔账，如果在生活上节约点儿，四年大学读下来，父母留下来的那笔钱不仅够用，还能省下一些。她大学毕业时恰好赶上堂弟进大学，她要把省下来的钱给堂弟做学费，也算是她对叔叔婶婶养育之恩的一点报答吧。

可是不到一学期她就发现，在繁华的都市里，每月400元根本不够用，除了吃饭，还有其他花销，比如买件好点儿的衣服、买个像样的背包、买支同宿舍女生都有的口红，400元实在是捉襟见肘。她最想买部手机，大学里活动多、朋友多，有手机联系起来会方便些。可买手机需要那么多钱呢……犹豫了好一阵子，她还是打电话给二叔，讲明自己的意图，请求二叔多打点钱到她的卡里。二叔沉吟了一会儿才说："你走之前，我就应该想到大学生毕竟和中学生不同。你放心，过几天我就把钱打到你的卡上。"

一星期后，二叔将钱打到了她的银行卡上。不久，他又专门打电话询问钱是否够用。电话这头，她说："叔，以后每个月给我打300元到卡上就够了。我找了一份兼职，每个月可以挣好几百元呢！"她沉稳的语气让二叔感觉有些奇怪。二叔坚决不让她做兼职，说能保证她的生活费，她只要好好读书就行了。她笑了："二叔，我这是为以后毕业找工作做准备呢。没兼职经历，以后找工作难啊！"

再后来，她又告诉二叔，说她获得一等奖学金，加上兼职的工资，生活费已足够了，不用再给她的卡里打钱了，爸妈的遗产就放在叔叔婶婶那里吧。

堂弟考上大学了！刚从大学毕业的她特意赶回二叔家为堂弟祝贺。一家人吃过午饭，她掏出一张银行卡交到堂弟手里："小弟，这里面有7000元，钱虽不多，却是姐姐的一份心意。你收下做学费吧。姐姐已经工作了，以后你每个月的生活费也由姐姐来承担。"二叔吃惊地看着她说："你才毕业，哪来这些钱？再说，弟弟也应该由我和你婶婶养，怎么能让你出钱？"说着坚决将那个银行卡塞回她的手中。她笑着问："叔，你忘了我父母给我留下一笔遗产吗？"二叔愣了一下，有些不好意思地看着她，结结巴巴地说："是呀。可那毕竟是你的钱啊！"她眼睛湿润了："二叔，你和婶婶就别骗我了。我早就知道我爸妈根本没什么遗产，所谓的遗产都是你为了让我安心读书编出来的……"

原来，那一年二叔将买手机的钱刚寄给她，她就接到姑姑打来的电话。姑姑生气地说："你这么大了，怎么还不懂事！你二叔供你上学已经很不容易了，这次为了筹集你的学费，又借了一大笔债。你居然还让二叔给你买手机。你怎么好意思向二叔伸手？"她吃了一惊："我爸妈不是给我留下一笔钱，暂时由二叔保管吗？"姑姑惊诧不已："你爸妈啥时候留了一分钱给你？你妈妈生病花光了家里的积蓄，你爸爸那次出车祸是因为违章驾驶，根本没得到一分钱赔偿……"那天挂断电话后，她跑到没人的地方，握着那张银行卡流了半天泪。

后来的日子里，她为了获得一等奖学金很努力地学习，课余

时间还去打零工、做兼职。她不但用这些钱养活了自己，还往银行卡里一点一点地存钱。她感觉每存进一笔钱，就存进了一份爱。三年多后的这天，她终于可以将这张装着爱的银行卡交到堂弟的手里……

感恩寄语

　　女孩，先是失去了母亲，几年后，父亲又在车祸中丧生。因此，13岁的她寄居在二叔家。二叔和二婶家庭并不富裕，但极力供养她上学。为了让女孩能够安心读书，二叔编出了善意的谎言，说是女孩拥有一大笔父亲的遗产，直到姑姑的电话才让她走出了谎言的欺骗。于是，在自责和感动的同时，她决定自食其力。她自己打工存的钱，不仅供养了自己的生活，而且，当堂弟上大学时候，她送给了二叔一张存有7000元的银行卡。这个卡里，其实存的已经不仅仅是钱，还有生活中浓浓的亲情。女孩，怀着感恩之心将善意的谎言将错就错，同时用爱点燃了感恩的情怀。生活中有多少善意的谎言让我们无法释怀，因为亲情太深，所以，谎言即使穿上了厚厚的外衣，也无法躲避藏在内心的善意。二叔，每打进卡里一分钱，就是给女孩送去一份爱，女孩每在卡里存进一分钱，就是存进一份感恩之心。只因有了爱，她的感恩之心才那么强烈；只因有感恩之心，二叔的这份爱才显得那么浓厚。